文春文庫

樽屋三四郎 言上帳

福むすめ

井川香四郎

文藝春秋

目次

樽屋三四郎　言上帳

福むすめ

この作品は「文春文庫」のために書き下ろされたものです

第一話　猫と小判

一

木枯らしが吹きすさび、雪が花びらのように飛ぶ寒い夜だった。

神田佐久間町は権助《ごんすけ》長屋という裏店《うらだな》である。奥の一室は物音ひとつせず、寝静まっているかのように見えたが、暗闇の中で、ごそごそと何か蠢《うごめ》いていた。

「――かあちゃん……すまねえな……」

「いいんだよ。あんたはよく頑張った。ちょっとばかり、運がなかっただけさね」

「すまねえ……」

「もう謝らないでおくれ。決心が鈍るじゃないか」

囁いているのは、忠助《ただすけ》とおたみ夫婦で、甲州大月《おおつき》から江戸に出てきて十年余りになる。油の量り売りを皮切りに、春は苗売り、夏は団扇《うちわ》売りに金魚売り、秋の虫売り、冬は煤竹《すすだけ》売りなどをして歩き、節句や祭りには縁起物も扱ったが、日々の暮らしが精一杯だった。

二年程前に、ちょっとした〝献残屋《けんざんや》〟をやったのが間違いだった。大名や大店《おおだな》の不要になった中元や歳暮の品々を引き取って、安く売り直す商売なのだが、腐ってしまう物も多くて、大した儲けにはならなかった。十坪ほどの店を借りていたが、店賃《たなちん》を払うだけで汲々として、いい思いはほとんどなかった。

いいことと言えば、ひとり娘を授かったくらいであろうか。美しくなれとの思いで、お玉《たま》と名づけた娘だが、誰に似たのか、〝絶世のおかめ〟で、連れて歩くのが恥ずかしいくらいだった。

それでもお玉は心根のよい優しい気性で、犬や猫をやたらと可愛がり、まだ四歳だというのに、赤ん坊や老人にも親切にする自慢の娘だ。が、白目を剝いたような寝顔は、お世辞にも可愛いとは言えなかったが。

「おまえさん……お玉が寝言を言ってるよ……」

ぐうぴいと安心しきって眠っているお玉は、今日、連れて行った見せ物小屋がよほど面白かったのか、嬉しそうに笑っている。

「また連れてってやると約束したが……今日が最後だったとも思わねえで寝てやがる……目覚めたときは、花が一杯で、美味い飯も一杯で、暖かい極楽浄土であって欲しいな」

「え、ええ……」

おたみの声が俄《にわか》につっかえると、むせび泣きになって、

「ひと思いにやって下さいな、おまえさん」

「ああ……分かってる。分かってるよ……すまねえな……お玉……」

忠助は娘の細い首に手をかけた。

その横では、おたみが南無阿弥陀仏と唱えはじめた。

「もう少し器量がよけりゃ、誰かが貰ってくれて、年頃になりゃ女中奉公もできるし、嫁にも貰われるだろうが、これじゃ……浮き世に残しても心配で、こっちが成仏できねえ。だから、一緒に行くんだ、お玉……勘弁してくれよ。恨むなよ……後から、かあちゃんと一緒に追っかけるからよう」

終《しま》いの方は声にならず、カラカラに掠《かす》れていた。忠助はほんの一瞬、鬼のような形相《ぎょうそう》になって、エイッと力を込めた。

「！……」

だが、そのふりをしただけで、本当に絞めることはできない。ふうっと深い溜息をついた忠助は膝を崩して、両手を娘の布団の側《そば》についた。

おたみはもう、まるで何かに取り憑かれたかのように読経《どきょう》を繰り返している。

思い直した忠助が、死んでもいないのに白目を剝いて寝ている娘を見ながら、

「すまねえ」と呟《つぶや》いてから、もう一度、首に手をかけたときである。

――にゃあご……。

と猫の鳴き声がした。思わず振り返ると、何処《どこ》から入ってきたのか、白黒のぶち猫が土間からひらりと部屋に上がってきた。鼻くそのような柄がついている。

「なんだ……米吉《こめきち》か……」

お玉が二年前に拾ってきた野良猫である。大雨が降った翌日、側溝にはまって溺れかかっていたのを助けて、持って帰ってきたのだ。九死に一生を得た猫だから、食うに困らないようにと、米吉と名づけた。来たときはガリガリの子猫だったが、むくむくとでぶになった。だが、近頃はろくな食べ物を与えられなかったから、模様が変わるくらいに痩せていた。

「おまえにも逃げられるくらい貧乏になっちまったと思ってたが、こんなときに帰ってくるとはな……」

擦り寄ってくる米吉を、忠助は追っ払おうとしたが、

「待てよ……そうだ。いい考えが浮かんだ……娘をやる前に、おまえで稽古をさせとくれ……化けて出るンじゃないよ。いや、おまえも冥途の旅の供にしてやるか」

と膝に乗ろうとした米吉の首に手を掛けたとき、何かがコツンと指に当たった。見ると、猫の首に重みのある小さな袋がぶら下がっている。おやっと首を捻《ひね》って、袋を外して開けて見ると、その中から、一両小判が出てきた。

「な、なんだ……!?」

びっくりして指先から落ちた小判は、床に当たってチャリンと音を立てた。途端、南無阿弥陀仏を唱えていたおたみが、読経をやめてきらりと振り向いた。

「あんた、それって……」

「ああ。小判だ。なんだって、米吉がこんなものを」

拾った忠助の手から、おたみはサッと摑み取ると、歯で嚙んだり、まじまじと見たりしながら、

「あんた。行灯《あんどん》、行灯」

「え、ああ……」

種火も消していたので、慌てて火鉢を掘り返して油紙に火を移し、行灯をともした。魚油だから薄暗いが、灯りの前で小判をしみじみと眺めたおたみは、

「こりゃ、本物だよ、おまえさん」

「……のようだな」

「てことは、なんとか今月は凌げるんじゃないかねえ」

震える声で、おたみは言った。忠助が手を差し伸べると、おたみはサッと一両小判を握りしめて、

「きっと神様がお恵み下さったんだ……これで何とかなる……私たち、死ななくて済む。ねえ、おまえさん……」

「ああ……」

忠助も頷《うなず》いたものの、この一両をどうして猫が持ってきたのか、皆目見当がつかなかった。しかも、丁寧に布袋に入れて、ぶらさげている。猫がここに戻ってくるのを知っている誰かが仕込んだのであろうか。ふたりは考えたが思い当たる節はない。何だか恐くなってきて、ぶるっと震えながら辺りを見廻して、

「いいんだよね……これ、戴いちゃっていいんだよね」

と、おたみは合掌して小判を挟んだ。

そのとき、お玉がむっくりと起き上がって、

「おっ母さん、おしっこ……」

眠そうに目をこすりながら訴えた。おたみは一両を大切そうに神棚に供えて、

「あんた。取るンじゃないよ」

念を押してから、娘を抱いて表に出て、厠《かわや》に急ぐのであった。

お玉が寝ていて温《ぬく》もっている布団の上では、米吉が丸くなっている。忠助は不思議そうに見やって、

「おい、米吉。おまえは何処の誰に、あんな大金を貰ったんだい」

米吉はぺろぺろと自分の足や胸を嘗めながら、ごろごろと喉を鳴らしていた。

二

日本橋本町二丁目の角地にある町年寄『樽屋』には、町名主や地主、町内の肝煎《きもいり》から商人などがドッと押しかけてきていた。先日、出たばかりの御触書《おふれがき》に対して不満が高じてのことだった。まるで、後の「棄捐令《きえんれい》」のような内容だったのである。

棄捐令というのは、後の世の寛政の改革の折りに出された、武家の借金棒引き令のことである。さらに後の天保時代にも出されたが、この吉宗の治世にも、財政難に陥った旗本や御家人を救うために類似の法令が、町触《まちぶれ》として出された。

幕府から庶民に出される御触書には、老中が発する〝惣触《そうぶれ》〟と、町奉行が出す〝町触〟があった。江戸町人にとっては、どのみちお上からのお達しだから、

――守らなければならないもの。

であった。しかし、実際は、庶民の暮らしを規制したり、圧迫するものが多かったから、罰金や刑罰がない町触に対しては、きちんと守らない者も多かった。ゆえに、何度も同じような町触が繰り返し出されていたのである。

しかし、今般の借金棒引き令は、町人にとって寝耳に水であった。

当時、江戸には質屋組合が二百五十余りあり、店は二千七百以上あった。町内に五軒も六軒もあった所もある。質屋に幕府からの鑑札が必要だったのは、常に庶民の財布代わりであったことと、物品を形《かた》にするため、盗品が持ち込まれることがあるから、その防止のためである。

夏は冬の着物を預け、冬には浴衣を預けるというように、その時期に不要なものを交互に入れては金を借りるという、つましい暮らしを庶民はしていた。ゆえ

に利子も低かったのだが、金を返せなければ当然、預けた物は流れる。そうやって、ぎりぎりのところで生きているのに、

『旗本御家人へ貸し付けし両替商、札差、質屋などは今後一切、借金の取り立てあいならぬ。但し、三年以内の借金については、無利子にて二十年の割賦で返済を受けることができる』

という、武家に対しては債務をなくす御定法《ごじょうほう》ができたのである。つまり三年より前の借金はなくなり、その後の借金も利子はつかず返済期間が二十年でよいとなると、貸した側は無収入ということだ。

「これじゃ、掛け売りで、お武家様に物を売った私たちはどうなるのですか」

「そうだ、そうだ。こちとら、お武家を信用して貸したンじゃねえか」

「金を返せと後押ししてくれるのが、町年寄じゃないのかね」

「私たちは泣き寝入りですかッ」

しだいに声を荒らげてくる町名主や商人たちに、大番頭の吉兵衛は逃げ腰で対応していた。吉兵衛自身、弓矢槍奉行同心だったせいか、いまだに事あらば、

——この槍を受けるか。

とばかりに居丈高になることがある。樽屋、奈良屋、喜多村の町年寄三家は元

をたどれば武士である。そのあたりに驕《おご》りがあるのではないかと、町人に突きつけられているような様態だった。

たしかに、今般の町触については、老中からの命令で南町奉行の大岡越前が動き、文書の策定にあたっては、樽屋が実務を執った。つまり三四郎も当然、町触の内容に関わってきたわけである。にも拘わらず、町人が困るような町触を出すとはどういう魂胆だと、名主たちもさすがに頭に来ているのだった。

「番頭さん、あんたじゃ話にならん。大将を出して下さい。三四郎さんを」

「いや、それが……今日は〝御三家〟の寄合があって、南の御番所《ごばんしょ》に行ってましてな。帰ってくるのは夕暮れになるかと……」

御三家とは町年寄三家のことであり、御番所とは町奉行所をこう呼んだ。

「なにッ。この上、またぞろお上と悪巧みをしようってのかい、吉兵衛さんやッ」

「おい。町年寄は庶民の味方じゃなかったのかい」

「そうだ、そうだ。いつから、町奉行所の廻し者になったンだ」

浴びせかけられる悪口雑言《あっこうぞうごん》から逃げ出したい思いだったが、吉兵衛はじっと耐えていた。吉兵衛もまた、町人たちと同じ思いだったからである。

数寄屋橋御門内にある南町奉行所では、三四郎をはじめ、奈良屋市右衛門、喜多村彦兵衛の町年寄三人が裃《かみしも》姿で、大岡越前の前に控えていた。町年寄たちはいずれも険しい顔で、町人の中から暴動が起こるのではないかと懸念した意見を述べていた。

「今朝も、私の役所に、町人たちが押しかけてきて、今般の町触はなくしてくれと詰め寄ってきております」

と三四郎は訴え続けた。

「少なくとも、『無利子で二十年割賦』は有利子にするとか、『三年以内の借金』を五年に広げるとかの対処をしない限り、誰も納得しないのではありますまいか」

普段はさほど仲のよくない奈良屋と喜多村たちも、三四郎の進言には賛成のようだった。しかし、旗本や御家人が借金で困窮していることは事実であり、その一方で札差や両替商などはボロ儲けをし、目に余る贅沢をしている現状もあった。奢侈《しゃし》に走る商人たちへの、お上からの懲らしめでもあろう。

だが、最も困るのは、わずかな資金繰りで商いをしている小さな店である。ほとんどは掛け売り商売で、〝書き入れ時〟は盆と暮れだけである。帳面につけるはずの実収入がなくなれば、それこそ店をたたみ、一家心中を余儀なくされる。

「そうでございましょう、お奉行。いくら幕臣を助けたいからといって、これはあまりに乱暴な仕打ちではありませんか」

威儀を正して詰め寄る三四郎に、大岡はわずかに苦笑して、

「おいおい……そもそも、この文言を作ったのは、樽屋、おまえではないか」

「いいえ。このようなことは一言たりとも書いておりませぬ」

「なんだと？」

「私は前々から、昔の徳政令のようなものを出すのであれば、それなりの理由がなければならないと申し上げておりました」

徳政令とは、鎌倉時代や室町時代に、朝廷や幕府から金融業者に対して、〝債権〟を放棄させた法律である。天災地変や争乱事変のために、臣民が困窮した事態に陥ったときに、〝天〟に代わって、貧民救済をすることが名目だったが、実際は御家人の暮らしを守るものだった。

今般の騒動もまさしく同じで、幕臣を保護したいがための、老中若年寄ら幕府重職の差し金に他ならない。当然、町年寄にも相談をされたので、「これまでの

借財についても、利子を下げるのはやむなし」との結論には達したが、

――借金がなかったことにする。

とは認めていない。

「しかも、お奉行……そもそも、町触というのは私たち町年寄に下達され、そこから名主、月行事《がちぎようじ》、家主《いえぬし》、店子などに伝えていくのが常。それなのに大高札場だけに掲げて、それで実行せよとは、あまりにも乱暴ではありませぬか」

大高札場は日本橋南詰、常盤《ときわ》橋門外、筋違《すじかい》橋門内、浅草橋門内、半蔵門外、芝車町の六ヶ所に過ぎない。ふつうの高札場は三十数ヶ所あったが、そこは町年寄が貼ることになっているから、まだ掲げられていない。

「なんであれ、此度《こたび》の借金棒引きは少々、行き過ぎだと思われます。名奉行大岡様の裁断とは到底、思われませせぬ。どうか、お引き下げ下さいませ」

三四郎が諸手をついて嘆願すると、奈良屋と喜多村も同じように頭を下げた。だが、大岡は素直に頷かなかった。江戸町人を守るのは自分の務めだと大岡は常々言っていた。しかも、八代将軍吉宗のもと、町火消しや小石川養生所などの設立にも関わってきたはずだが、やはり〝身内〟が可愛いということであろうか。

煮え切らぬ態度の大岡を睨み上げた三四郎は、何とか怒鳴るのを我慢していた

が、次の大岡の言葉でついにぶち切れてしまった。

「旗本御家人がいなくなれば、幕府は成り立たぬ。百姓たちは年貢を払って苦労をしておる。ここは、大して冥加金《みょうがきん》も払っていない町人に我慢して貰わねばなるまい」

「なんですとッ」

「違う、とでも言うのか。樽屋」

たしかに町人は、天領の村々のように年貢を払っているわけではない。しかし、冥加金を払い、公儀普請《ぶしん》の人足を出し、自身番や町火消し、掘割や溝浚《どぶさら》いなどの費用は当然、町が負担している。

表店《おもてだな》は間口に応じて、一定の上納金を払い、町人同士が土地や家屋を売買したときにも、代金の二分にあたる金を公儀に払うこととなっている。大して冥加金も払っていないというのは、言い過ぎであろうと思った。

事実、町奉行所は、今で言えば登記簿とも言える〝沽券帳《こけんちょう》〟を町ごとに作らせており、地主の変更には事細かく目を光らせていた。まさに町人の沽券に関わることである。

「大岡様……私は得心できかねます」

「おまえが得心しようがしまいが、お上が決めたことだ」

「私が書いた文面を勝手に変えてまで、かようなことをするとは、絶対に見過ごすことはできませぬッ。上様に直訴してでも、変えて戴きます」

「少々、上様の覚えがめでたいからと思って、いい気になるな。何かと言えば上様の御名を出すが、無礼千万。それに、幕政は上様、御ひとりで営んでいるわけではない。それくらい承知しておろう」

「──そうですか。ならば、こっちも勝手にさせて戴きます。町人には町人の心意気ってものがございますからね」

腹立ち混じりに立ち上がった三四郎は、ろくに挨拶もせずに、その場から立ち去った。廊下を踏みならす音が、残った者たちの耳にも痛々しいほどだった。

奈良屋は溜息混じりに、もう一度、大岡に頭を下げ、

「あやつはまだ若いものでして、後で篤《とく》と言って聞かせますので……」

「おぬしの言うことを聞くかな」

「はあ？」

「日頃の三四郎の行状を見ておれば分かるであろう。奴はおぬしたちと違って、誰かの顔色を見ながら動いてはおらぬ」

大岡は皮肉っぽい笑みを浮かべて、奈良屋と喜多村を見やった。

「お奉行様……」

「とはいえ、己《おのれ》の正義だけを、まっすぐ貫かれても困る。此度の借金棒引き令は、町人を守るためでもあるのだ」

「と申しますと？」

「幕府の狙いは、札差だ」

「札差……」

「さよう。本来の仕事を忘れ、暴利をむさぼり、浮かれて暮らしているとは思わぬか。事の善悪を忘れ、世の中は金がすべてとばかりに、その所行は見苦しい」

「まあ、たしかにそうですが……」

本来、札差の業務は旗本や御家人の代理として蔵米を受け取って運ぶことであり、その手数料で営んでいた。蔵米百俵について金一分で、さらに米問屋に売れば金二分が入る。だが、現状の札差の仕事は単なる運搬業ではなく、蔵米を担保に金を貸すことだ。

享保年間に札差は百九人にのぼり、札差の株仲間が幕府に許され、浅草蔵前片町組、森田町組、天王町組の三組に分かれて運営した。貸し付けの利率は年利二割五分だったが、しだいに下がっていき、今は一割半である。それでも、幕府四百万石の金を扱うのだから、相当な実入りである。

中には悪辣《あくらつ》なことを考える札差もいる。町の金貸しに〝融資〟して、高利で借りさせるのである。札差なら年利一割半でも、高利貸しならば、法の目をかいくぐって、年利三百割とか千割という途方もない暴利をむさぼっている者もいる。その中から、金主である札差に利子を戻させるのだ。

町奉行が高利貸しを摘発し、違法だと追及をしても、札差まで引きずり出すことは難しい。札差は何食わぬ顔で、〝通人〟を気取って豪遊三昧の暮らしぶりである。

大岡はこういう札差がいることを許せないのである。武士の借金を一旦、棒引きにすることによって、札差の特権を失わせるのが今回の狙いであった。

「しかし、此度のことは、札差株仲間も納得はしておりますまい」

奈良屋のところにも、不平不満の札差が訪れて来ていることを伝えると、大岡はにんまりと笑った。

「それこそが狙いだ」

「と、申しますと」

「今の利子をさらに下げる。そして、町場の両替商や金貸しへの貸しつけを抑えさせる。そうすることで、借金を返すための無用の借金をする者が減る。いずれ最後は高利の借金を返せずに苦しむ町人も救えるはずだ」

「なるほど……諸悪の大元を断つというお考えなのですね」

奈良屋は頷いたが、喜多村は少し不安な顔で、

「その見通しはあるのでしょうか……このままでは、まっとうな商人も取り立てができなくなってしまい、商売や暮らしに困ってしまうのではありませんか」

「そうならぬよう、ここからが、町年寄の腕の見せ所ではないか？」

「どういうことでしょうか」

喜多村が首をかしげると、奈良屋はポンと膝を叩いて、

「なるほど。さすがは大岡様。町触は運用次第……ということですな」

とシタリ顔で頷いた。

三

冷えたと思ったら、白いものがちらりほらりと落ちてきた。

隅田川沿いの『美代志《みよし》』というどじょう鍋屋も、〝百眼《ひゃくまなこ》〟の組頭の寄合場所のひとつである。〝百眼〟とは町場で暮らしながら、

――凡人には気づかぬ、わずかな異変で、事件の予兆を知る。

ために、常に目を光らせている、いわば樽屋の密偵である。この存在は代々、将軍以外が知ることはない。ただ、大岡だけは吉宗の腹心中の腹心であるから、「そういう者たちがいる」程度には知っているものの、何処の誰兵衛が、樽屋の密偵であるかは承知していない。それゆえ、大岡は、三四郎のことを快く思っていないのかもしれない。

「いや……美味い……やはり冬は、柳川《やながわ》に限る……」

誰とはなく声を洩らした。

利根川と常陸《ひたち》川が繋がって、諸国から大量の物資を運ぶ川船が増えたことや、治水によって流域に水田が広がったことで、江戸周辺では、どじょうが沢山獲れるようになった。さらに、醬油や酒、みりんなどが江戸の料理に生かされたことで、どじょうを食べる慣わしができたと言ってもよい。

水中では激しく動き廻り、掬い取って陸に上げても、鱧《はも》のように長く生きているから、精力がつくと信じられていた。それを、笹がきゴボウと一緒に割り下で

煮て、玉子で綴《と》じる「柳川鍋」は江戸っ子の舌に馴染んでいた。

ふうふうと言いながら、〝百眼〟の組頭たちが食べている前で、組頭肝煎の紀州屋富左衛門は腕組みで眉間に皺を寄せていた。いつもの飄然とした柔らかさはなく、何度も溜息をついていた。

元は米問屋の主人である。娘婿に店を譲って、悠々自適の隠居暮らしだが、今般の借金棒引き令は、憤懣やるかたないものがある。

「お上はいつも、突然、強引に庶民を苦しめる法を押しつける。大岡様には大岡様のお考えがあるのかもしれないが、我々、町人はたまったものじゃない。先頃、酒や煙草の運上金を上げたばかりですからね。悪い方に転がらなければよいですがね」

紀州屋が上座の三四郎に声をかけた。

「それを俺も考えていた……たしかに札差には痛手だろうし、今後は色々と自粛をせざるを得まいが、一番、困るのは小商いの者たちだ」

「はい……」

「大岡様ともあろうお方がこんな法をごり押しするには、もっと裏があるような気がするのだ。たとえば、奉行職などについている大身の旗本の中に、首が廻らなくなった御仁がいるとか」

「まあ、そうかもしれませぬが……それを見つけ出して、問い詰めたところで、幕府としてはみじんも揺るぎますまい」

「ならば、どうする、紀州屋……」

唸るばかりで答えない紀州屋に代わって、組頭のひとりの伊集院左内が声を出した。あまり柳川鍋には箸をつけず、部屋の隅っこで酒をちびりちびりとやりながら、

「俺が燻《いぶ》り出してやろうか」

唐突な言い草に、組頭たちも顔を向けた。

「どういうことだね、左内さん」

紀州屋が聞き返すと、左内はぐいと酒を飲み干して、

「もし、此度の町触で、札差が棄捐しなきゃならぬとしたら、ざっと百万両の借金がなかったことになる。札差が旗本御家人に百万両やったも同然だ」

「そうですな……」

「しかし、何も形《かた》がなくて金を貸したわけではない。札差は百万両の代わりにおおむね、二年先までの蔵米を手に入れることができる。いわば給金を押さえてい

るのだから、それを売れば済む話だ」

「そう容易にはいきますまい。米には相場があって、損をした利子を足して売るなんてことはできませぬ」

「江戸には闇の米を流す者も沢山いる。そもそも、借金は帳消しになっても、来年、再来年と収入がなくなる旗本御家人はどうするのだ。まさか、札差が押さえた形までも、オジャンにするという法は作れまい」

「いずれにせよ、潰れる札差も出てきましょう。商人の中には当然、札差から借りている者たちもいるから、武家が棒引きになったぶん、町人への取り立ては厳しくなるだろうし、貸し渋りも増えるに違いない。これでは、金や物が世の中に廻りにくくなって、景気が悪くなろうってものです」

「だからだよ……ひとりで儲けようとしている輩《やから》を、俺が燻りだしてやろうってンだ」

自信に満ちた言い草に、紀州屋は訝《いぶか》しげな目を向けた。

「俺たち〝百眼〟が見落としているわけがないだろう……余った米を扱っている、大坂から出てきた『天満屋《てんまや》』という米問屋を」

日本橋本町のど真ん中に、それまであった同じ米問屋『越前屋《えちぜんや》』を買い取って、金文字の軒看板を上げた『天満屋』の主人・惣右衛門《そうえもん》は、大坂堂島の米会所の支配人をしていたこともある遣《や》り手だ。

かつて、大坂で火事が起こったとき、米会所の機能が停滞したため、江戸の米商人が米相場を扱ったことがある。その際、利益の大半を江戸の商人が得たために、大坂商人たちは江戸町奉行の大岡越前に訴え出て、米市場を自分たちの手に取り戻した。米会所の〝決戦関ヶ原〟と言われたのだが、しぶとい大坂商人に軍配が上がったのである。

その折りに、暗躍していたのが『天満屋』の惣右衛門で、帳合米《ちょうあいまい》を主に扱う商人となった。実際の米の受け渡しはなく、帳面の上だけでの売買をする、いわば株取引みたいなものである。当時の金銭の決済は、大坂の銀使いと江戸の金使いだ。その違いがあったから、金銀の〝為替相場〟の違いで利益も変わってくる。さらに、買ったときと売るときの米価の相場によって、利益を産んだり減じたりするから、投機的なものであった。

金銭について目端のきく惣右衛門は、札差が担保にしていた旗本や御家人の切《きり》米手形《まいてがた》をもとに、分割した預かり証文の〝米札《こめふだ》〟を作り、今でいう株式のように大勢の人に買わせて、儲けさせていたのである。

「つまり……借金を棒引きにされた札差は、米を貰っても仕方がないから、形にしていた切米手形はすべて『天満屋』に売っているわけだ。そして、米札は一年後には『値が上がるぞ』と言いふらして、売り捌《さば》いている」

もし損をしても元金を保証する、というのが『天満屋』の〝売り〟だから、金の余っている商人は大金を『天満屋』が発行する〝米札《こめふだ》〟に替えて資産を増やそうとし、庶民もなけなしの金を〝米札〟にして儲けようと考えた。

最悪でも、旗本御家人に渡るべき切米手形が担保されているから、無一文にはならず、庶民も安心して買えたのである。

「その裏には、借金棒引きのカラクリがあるってことかい。てことは、札差もうまく出汁《だし》にされたってことだな」

組頭のひとりが、ぽつりと言った。

「まあ、そういうことでしょう。此度の町触を半ば強引に出した理由は、幕臣の救済に加えて、札差には大損させず、その上で、『天満屋』のような帳合米を扱う大坂商人の懐を潤わせるという仕組みになっているということですな……もっとも、うちのような現物を扱う米問屋には、何の得もありませんがね」

紀州屋は少々、やっかんだような言い草をしたが、本心ではない。違法とは言えなくとも切米手形を使った何万両という儲け話を生み出した『天満屋』には、得体の知れぬ何かがあると感じていた。

「切米手形は春、夏、冬の三度だが、そろそろ冬のが出廻ります。その相場がどうなるかで、〝米札〟を買った者たちは一喜一憂するでしょうが……元金は崩さないという『天満屋』の言葉は眉唾だと思います」

不安を煽《あお》るように言う紀州屋に、左内は頷いて返して、

「俺の組は、その『天満屋』を調べてみるつもりだ」

他の者たちも、便乗して儲けようとしている輩《やから》や今後の札差たちの動向、さらには江戸市中に広がりつつある、借金棒引きにまつわる不正を見逃さぬよう目を光らせると誓い合った。

ただ、三四郎は別の不安を抱いていた。米価が暴落して、米札の値うちが下がることである。取りつけ騒ぎが起こったとき、紀州屋が言ったように『天満屋』が元金を保証するとは思えない。

「惣右衛門という男、一度は、この目で確かめねばならんな」

と三四郎は改めて、気を引き締めていた。

四

にゃあごと鳴きながら長屋に帰ってきた米吉は、またぞろ首に小判をぶら下げていた。これで五日連続である。

「毎日、運んできたら、月に三十両……おい。たった十両を返せずに首をくくろうとした俺たちは、本当にバカだったな」

忠助は嬉しそうに小判を手にして、お玉に飯を食わせているおたみを見やった。

「あんた。そんなもの、子供に見せちゃいけません」

「どうしてだい。結構な話じゃないか」

小判を娘の前にちらつかせて、

「これはな、お玉。何年も真面目に一生懸命働いたお父っつぁんに、神様がくれたご褒美なんだ。いいことをしてりゃ、お天道様《こ》はいつも見てくれてる。おまえも、いつかは世のため人様のために、身を粉にして働くんだぞ。そしたら必ずいいことがある。おかめでも玉の輿《こし》に乗れるかもしれねえしよ」

と忠助は笑いながら言ったが、お玉はきょとんとしているだけだった。猫に小判ではないが、お玉は小判なんぞ見たことがないし、値うちも分からないのだ。

「なはは……それに、毎日、裏のお稲荷様にも拝んでいたから、御利益があったのかもしれねえ……信心、信心」

忠助が浮かれて踊っていると、

「邪魔するぜ」

野太い声があって、富永斉二郎がのっそりと入ってきた。南町奉行所定町廻《じょうまちまわ》り同心である。勧進相撲の力士崩れの岡っ引・大熊も一緒であった。

あっと見やった忠助はチャリンと小判を床に落としたが、すぐに拾い上げた。

「朝っぱらから、景気のいい音を出しやがるな、忠助」

富永は土間にはいると上がり框《かまち》に腰掛けて、十手でとんとんと床を叩いた。

「その小判のことで、ちょいと話がある。店の方に行ったのだが、閉まってたからよ」

一町ばかり離れた所に、献残屋を開いているのだが、売り物がなくなっているから、しばらく閉めているのだ。猫が運んできた小判を元手に、献残屋ではない新しい商売をするつもりだった。

「借金を重ねていた割には、随分と朗らかだが、大枚が入ることでもあったのかい。なに、おまえに貸していた金貸しから聞いたんだが、おまえがいきなりポンと二両も返したってんでな。残りの八両にも目途がついたらしいじゃないか」

「え、へえ……」

「何処で稼いだんだ？」

「そりゃ、もう色々……私も油の量り売りから始まって、献残屋まで、へえ……」

「何ヶ月も返せなかったのに、二両もの大金を一度にとは、なかなかできることではない。どんな秘訣があるのかと思ってな」

射るような目になる富永から、忠助は思わず目を逸《そ》らした。日本橋や京橋界隈の商家を廻っては、当然のように袖の下を求める富永である。忠助のような小商いにまで、たかるのかと思ったが、あいにく小銭がない。

「済みません。後で必ず自身番に届けますので、へえ」

恐縮したように肩をすぼめた忠助に、富永の強ばっていた表情が緩んだ。

「そうかい。そこまで素直に認められりゃ、こっちも手間が省けるってもんだ。なあ、お嬢ちゃん、いいお父っつぁんだなア」

「認める…とは何の話でしょうか」

忠助が首をひねると、大熊がでかい顔を近づけて、

「子供の前じゃまずいだろう。富永の旦那のお計らいだ。おとなしく来な」

「ですから、何のこと……」

遮るように大熊は十手を忠助の胸に突きつけて、耳元に囁いた。

「すぐそこの油問屋『紅屋』で金が盗まれたんだよ、手文庫ごとな」

「えっ……!?」

「『紅屋』とはおまえも知らない仲じゃねえ。きちんと返せば、ここは丸く収めてやるって、旦那もおっしゃってる。正直が売り物のおまえなんだから、さっさと謝っちまいな」

ぶるぶると忠助は首を振って、

「し、知りませんよ、そんな……私は『紅屋』さんの手文庫なんぞ盗んでませんよ」

「じゃ、この金はなんだってんだ、エッ。せっかくの旦那の気持ちを無にしたいのか、てめえはッ」

思わず声を強めた大熊の肩を叩き、富永は立ち上がった。

「とにかく、ここじゃなんだ。自身番に顔を出しな。悪いようにはしねえよ」

「あ、いや、私は本当に……」

ずっと心配そうに見ていたおたみは、思わず富永に縋《すが》るように、

「申します。正直に申します。うちの人は本当に何もしておりません。お金は、米吉が……うちで飼っている猫が持って来たんです。夜ごと、一枚ずつ、五日も。本当です。信じて下さい」

「おい。言うに事欠いて、猫が、だと？」

大熊がふざけるなとばかりに十手で床を叩くと、恐くなったのか、お玉が急に泣き出した。富永は変な顔を作って、娘を笑わせようとしたが、余計、火がついたように泣きわめいた。すると、長屋の連中が何事かと、表に集まってきた。

「仕方がねえ、大熊。忠助をしょっ引け」

富永が命じると、縄を取り出した大熊は、手際よく忠助を縛りつけるのだった。

木戸口を抜けて、表通りに連れ出された忠助の姿を、表店から何気なく見ていた商家の隠居風の老人がいた。『福多屋《ふくだや》』と暖簾《のれん》を出している小間物問屋の前の主人、嘉兵衛《かへえ》である。

何気なく見送っていた嘉兵衛は、少し曲がった背中に、後ろに組んだ手をのせ

て、店の中に戻った。

「親父。あまり出歩くンじゃありませんよ。また迷子になってしまいますからね」

帳場に座っていた、生真面目そうな壮年の息子、弥吉《やきち》が注意を促した。

「迷子ってなあ、私はもう喜寿を過ぎたのじゃからな。子供扱いしなさんな」

「子供よりも手がかかりますよ」

時折、散策に出かけては帰り道が分からなくなる。少し惚《ぼ》けたのかもしれないが、近所ならば『福多屋』の隠居だと知られているので、手を引いて連れ帰ってくれる。

しかし、夜道となれば迷いに迷って、見知らぬ所まで歩いていくこともある。いつぞやは、品川の方まで出かけて、よその家に上がり込んで茶を飲んだり、勝手に庭木を剪定したりして、大変な迷惑をかけた。

「今日は、謡《うたい》のお師匠がくるから、離れで待っていて下さい」

「謡の師匠……」

「もう五年も六年もやっているでしょ？　もっとも、師匠といってもあなたの娘ですがね。米問屋の『天満屋』に嫁いだ」

「娘……そうじゃった。おきみが来る日じゃったわい。また稽古をしていないと叱られる。やらねばなあ」

分かっているのか分かっていないのか、ふらふらと離れに行くと、嫁のお久が運んでくれた茶を飲みながら、ふうっと溜息をついた。

「孫でもおれば、無聊《ぶりよう》を決め込まなくてもよいのだがのう……」

と何気なく言っただけなのだが、お久は子ができないのを気にしていたようで、申し訳なさそうに頭を下げて立ち去った。

ずずっと茶をすすって甘いものを食べていると、裏庭に「にゃあ」と鳴きながら猫が現れた。黒ぶちに鼻くそ柄の米吉である。それを見やった嘉兵衛は、

「おやおや。また、おまえかね」

米吉はまるで嘉兵衛の声が分かるかのように、ひょいと縁側に飛び上がると、膝元まで近づいてきた。そして、頭をすりすりと擦りつけながら、喉をごろごろと鳴らしはじめた。

嘉兵衛は米吉の首の小さな袋を見て、

「ああ……これか……また、おねだりかね……よかろう、よかろう」

と抱きかかえて撫で廻した。そして、床の間の茶壺から小判を一枚摑み取ると、

猫の首にかかっている小袋に入れた。

そのとき――。

「お父っつぁん……何をしているの」

と声をかけながら廊下から、おきみが入ってきた。大店のご新造らしく、上等な紬《つむぎ》の着物に銀簪《ぎんかんざし》までが渋い光を放っている。

「今、何をそこに入れました？」

おきみが猫を捕まえようとすると、米吉は素早く逃げて、あっという間に庭の梅の木を登って塀を跳び越え、裏通りに出て行ってしまった。追いかけようとしたおきみだが、無駄だと悟り、その代わり、嘉兵衛を責めるように、

「小判ですよね、今の。なんで、そんなことをするのですか」

「いや、その……」

「あれは何処の猫ですか」

「さあ、知らん。時々、遊びにくるんじゃ」

「小袋は、判子を入れておくもののはず。どうしたのですか、中味は」

茶壺を覗くと、数十両の小判の上に、ぞんざいに判子が数個、置いてある。

「まったく、あんちゃんは何をしてるのかしら、もう……お久さんもお久さんだ

わねえ。お父っつぁんをほったらかして」

きつい顔で言うおきみに、嘉兵衛は困ったように白くなった髷《まげ》を整えて、

「さてと。今日の謡は、何じゃったかな……『小鍛治《こかじ》』だったか『阿漕《あこぎ》』だったか……そういや、おまえの旦那さんも、随分と阿漕な真似をしたものじゃのう」

伊勢神宮の禁漁区で、阿漕という漁師が禁を犯したがために、〝阿漕ヶ浦〟と呼ばれるようになった。黙って悪さばかりをする意味に使われるが、おきみは亭主の悪口を言われて、カチンときたのか、

「そんな言い草はないでしょう。この店がなんとか持っているのも、うちの主人のお陰じゃないのですかッ」

「ああ、鼓膜が破れる」

嘉兵衛は両方の耳を押さえた。

「何を惚《とぼ》けているのですか。いつも耳が遠いと言っているくせに」

「はあ……おまえは子供の頃から、なんとも小うるさかったが、誰に似たのかのう。母親はおっとりしていたがな」

「お父っつぁんに似たンです。若い頃は、いつも怒鳴ってばかりだった」

「――さてと、今日は何を食べるかのう」

「いい加減にして下さいね。うちだって……『天満屋』だって、楽しているわけじゃないンですからね。一生懸命、働いているンです。なのに、お金を稼いだら、悪評ばかり立って、あんまりです。うちの人が可哀想です」

いつになく、おきみがムキになっているので、心配そうに嘉兵衛が見ていると、俄に泣き出しそうになって、

「うちの人は何も悪いことなんかしてない……なのに……まるで罪人扱い……今日だって、町年寄まで押しかけてきて、なんだか吟味されてるみたいで、酷《ひど》すぎます」

と言いながら、悔しそうに涙を浮かべるのであった。

五

日本橋の大通りの遥か向こうに、晴れ渡った青空の中、真っ白く雪に覆われた富士山が見えている。

陽光は眩しいものの空気は冷たい。往来する人々の着物は厚手になり、丹前《たんぜん》をまとったまま出歩いている人もいるくらいだった。

そんな激しい往来のど真ん中に、一際《ひときわ》大きな軒看板の『天満屋』があった。間口は八間程だから、さほど大きくはないが、ちょっとした芝居小屋くらいはある。ひっきりなしに出入りする人の多さが、いかに繁盛しているかを物語っている。

店は番頭の伊勢吉に任せて、主人の惣右衛門は奥の座敷で、三四郎と面談をしていた。惣右衛門はまだ四十前だが、大商人の貫禄がある風貌で、くわえている煙管《きせる》も金ぴかでいかにも成金らしい風情であった。

「それにしても……驚きました……町年寄さんて言うさかい、てっきりお爺さんを思い描いてましたが、ほんとに若いのになかなかの遣り手でんなあ」

「江戸に出てきたのは、まだ三月程前らしいな」

「はい。本来なら、こちらからご挨拶に出向かねばならぬところ、あい済みません。少しはお噂は聞いておりましたし」

「どうせ悪い噂でしょう」

「あ、いえ……でも、あまり人のことをあれこれと詮索するのは好きやおまへんし、噂話も耳に入れる方ではありまへん……詮ないことが多いでっさかいねえ」

「俺も噂話は好きじゃない。だから、こうして自分の目で確かめにきた」

「確かめに……？」

「ああ。あんたという人間をだ」

じっと見据える三四郎の涼しい目を、惣右衛門は面食らったように見ていたが、おかしみが込み上げてきて、

「なるほど。若いのに肝っ玉が据わった人やということは、よう分かりました。で、ほんまの用件はなんでっしゃろ」

「本当も嘘もない。あなたを見に来ただけだ」

「人を珍獣みたいに言いなさんな。どうせ、〝米札〟のことでっしゃろ?」

惣右衛門の方から切り出したので、三四郎も素直に頷いて、

「切米手形を買い取って、それを分割して別物として売るというのは、どういうカラクリなのかと、教えて貰おうと思ってな」

と言った。

「ふうん。細かいことを気にするのですな」

「俺は至って大雑把な人間なんだがな、町年寄って仕事は、微に入り細を穿《うが》つものだと親父がいつも言ってたんだ。町人の気持ちを知らないと、俺たちの理屈など屁の突っ張りにもならんとな」

「なるほど……では、簡単に子供にでも分かるように話しまひょ」

にこりと微笑んだ惣右衛門は、現物の〝米札〟を数枚、棚から出して、三四郎の前に並べ置いた。そして、一枚一枚を指しながら、

「今、樽屋さんは、〝米札〟を売る、とおっしゃいましたが、これは売買とは違います。本来は、お米ですから、『あなたから何俵、あるいは何石をお預かりしてますよ』という預かり証ですわ」

「預かり証」

「はい。たとえば、樽屋さんに百俵の米を二十五両でお譲りしたとします。しかし、百俵の米を樽屋さんのお屋敷には運びまへん……ここに『百俵』の〝米札〟があって、これを旦那にお渡し致します。その百俵は、私ども『天満屋』の蔵で大切に保管しております……という米俵の荷札みたいなもんだす」

「なるほど。で、これが為替と同じように、金の代わりに使うことができる」

「へえ。それは持っている人同士の自由ですからね。裏書きをして貰って、金の代わりに決済で使う分には、当人同士が納得していればよろしいのと違いますか？」

三四郎はそのことについては、両替商が扱う為替と同じように、お上に許可を得なければなるまいと伝えた。だが、惣右衛門は首を振って、

「これは今、言いましたとおり、荷札でございまっさかい、物々交換は勝手次第でございましょう。旦那かて、米と芋を交換しますでしょう……でも、それでは、誰が何処で何時《いつ》交換したか曖昧になるさかい、裏書きをして貰うのだす。為替のように、『天満屋』ではいつでもお金に換えてあげまっせ、という信頼をつけるためでございます」

滔々と自信に満ちて語った。確かに、今の御定法ではそのやり方を取り締まったり、裁いたりすることはできない。

「だが、惣右衛門……あんたは、元金は保証すると言っているが、もし、それができなければ、〝騙《かた》り〟になるかもしれない」

「おお、恐ッ。〝米札〟が騙り扱いですか」

「そうならぬとも限らぬということだ。その覚悟ができているのか」

「樽屋さん……この世の何処の誰が、自分の商いを騙りやと思うてやってると思います。人に嘘をついて、騙《だま》して儲ける輩は仰山《ぎょうさん》いるかもしれまへんが、同じ扱いは困りますな」

「では、どうやって、元金を保証するのだ。米の相場が崩れれば、同じ百俵でも、俺に二十五両は返ってくるまい。二十三両か、二十両か、値うちは下がるはずだ」

「そやからこそ、札差から買い受けた切米手形があるのではないですか……そもそも、切米手形という幕府が発行した約束手形があるからこそ、〝米札〟を出すことができるんでっせ。心配しなくても、うちだけではなく、米会所で換金してくれます。ええ、八代様の善政によって、米価が安定しているからこそ、私たちの商売ができるのでございます」

惣右衛門は丁寧に話したつもりであろうが、三四郎が納得することはなかった。米が不作にでもならぬ限り、〝米札〟の値が上がることはあり得ないからだ。

つまりは、『天満屋』は、札差がもてあましていた切米手形を、金に換えただけである。万が一、〝米札〟を持っている人間がみんなで取りつけに来たとすれば、『天満屋』は支払うことができないはずだ。三四郎はその危惧も訴えた。

「旦那は商いのことを知りまへんな。そんなこと言うたら、両替商かて潰れてしまいまっせ……返すためには、貸した金もぜんぶ回収せなあかんようになる」

「両替商の場合は、万が一の事態に陥れば、幕府が介入することができる。おまえの店には、それができまい」

「いいえ。私は堂島米会所の支配人もしてますんですよ。米価は安定が一番。決済は米方両替で行われてます。それこそ、幕府が潰れない限り、大丈夫とちゃいまっか」

「……」

「どないしました、旦那……言葉が出てきまへんな……」

勝ち誇ったような顔になった惣右衛門は、

「しかし、こうして江戸の町年寄とお知り合いになれてよかった。これで私も鼻高々ですわ。どうか、江戸の商人の方々にも色々と教えて貰いたいよって、ぜひ今後も引き廻して下さい。よろしゅうたのんます」

と深々と頭を下げた。その仕草は自信の裏返しであろう。

「では、仕事がありまっさかい」

言葉と態度は丁重だが、まるで三四郎を店から追い出すように見送るのだった。振り返ると、惣右衛門の姿はもうなく、店の中で、番頭や手代らに何やら大身振りで話しているのが見えた。

——どことなく、誠実さがない人間だな。

と三四郎は思ったが、まさか、それが露見するような事態がすぐに起こるとは、考えてはいなかった。

六

激震が走ったのは、その数日後のことである。堂島米会所から、米価が倍ほどに急騰したとの報《しらせ》が届いたのである。

実は今年の秋は、豊作というほどではないが、例年並みであった。しかし、収穫後に起こったいくつかの大雨と洪水で、山崩れや川の氾濫が起きて、来年が危ぶまれていた。被害が大きかった藩では、米の備蓄を村々に命じており、天領においても代官の差配で同じような策を講じていた。

しかし、大嵐の折りに、菱垣《ひがき》廻船が難破したり沈没する事件も続き、米価も不安定になっていた矢先のことだった。『天満屋』の〝米札〟はその社会的な不安を背景にして儲けることになったのだが、裏目に出た。まさか本当に凶作のときのような米価に上がるとは、惣右衛門は思ってもみなかったのである。

米の値うちが下がれば、少しでも損をしたくないと取りつけ騒ぎが起こるのは想定していた。だが、高騰すれば〝米札〟も倍に上がるわけだから、現金が欲しい者がドッと『天満屋』に押しかけてくるのは当然であった。

「もっと上がるから、しばらく持っておきなさい。そうすれば、三倍、いや四倍になるであろうからね」

番頭の伊勢吉は客たちにそう説明をしたものの、換金を迫られて、店は大わらわだった。もちろん、一部の客には対応したが、一両で売ったものを二両で買い戻すのだから、現金が少なくなってゆく。そして、買い戻した〝米札〟を持ち続けたところで、『天満屋』は金が廻らないので、大変な事態に陥るのは火を見るより明らかであった。

「だから、言わんことではなかったのだ……」

状況を冷静に見ていた三四郎は、元は米問屋の紀州屋に相談をして、『天満屋』をどうやって救済するかを話し合おうとした。

だが、意外なことに、紀州屋は援助などする必要はないと断じた。

「若旦那……そもそも、惣右衛門とかいう商人は怪しげな男ではないですか」

「そうなのか？」

「私も米問屋の端くれをしていたものですから、米を投機に利用することがおかしく思えたのです。米会所の支配人になっていたのは、帳合米……つまり、帳面上の米だけを扱って、儲けるがためだったのでしょう」

端くれというのは謙遜であって、問屋仲間の肝煎を務めたこともある紀州屋だからこそ、惣右衛門の怪しさを見抜いていたのかもしれぬ。

「しかしな、紀州屋。これで、困るのは惣右衛門だけではあるまい。なけなしの金で、やっとこさ買った〝米札〟が値上がりしても、何処も買ってくれないのでは話にならぬ。かといって、それを引き取る両替商はいないであろう」

「では、如何《いかが》致します」

「幕府にかけあって、米価を下げるよう計らうしかないんじゃないか。米の値が上がったままでは、他の醬油や味噌、酢、酒などはもとより、油や炭、塩をはじめ、蠟燭や木綿、他の織物など何でも高値になる」

米価が基準だから当然である。物価の統制は町年寄の役目のひとつである。米の値が元に落ち着けば、換金騒ぎも収まるのではないかと、三四郎は考えたのである。

しかし、幕府はこれまでも倹約令や相対済まし令、さらには物価引き下げ令も出して、不当に値上げをした油問屋仲間らを、過分の利得を得たとして、何十人も処分している。ゆえに、安易な価格の統制は、庶民からは支持されるかもしれぬが、商人たちからは大きな反感を買うであろう。

商人の不正を暴くことが大岡の狙いであったとはいえ、やり過ぎだとの批判は幕府内にもあった。それに加えて、今般の旗本御家人の借金棒引きがあるから、諸物価の高騰だけは絶対に避けたいはずだ。

「ですから、大岡様は躍起になって、米の値を下げると思いますがね」

「しかし、これまで、米価を上げるために、幕府が米を買い占めるということがあったが、今般もその節がなくはないのです」

意味ありげな紀州屋の言い草に、三四郎は訝しげな目を向けた。

「――どういうことだい……」

「そもそも、堂島米会所によって、米の値は先物取引として扱われて、米価が上がることで幕府の財政はよくなり、上米《あげまい》の制もやめました」

上米の制とは、幕府が諸藩に頼んで、一万石に百石の割合で米を上納させる制度である。恥を忍んで、諸藩に米を融通させたのだから、それほど幕府財政は逼《ひっ》迫《ぱく》していたのだが、ようやく改善の兆しが見えた。大岡の施策である新田開発や殖産興業も大きな影響があるだろうが、結局は庶民がじっと堪え忍んだからである。

「しかし、豊作と凶作の繰り返しで、米価は上がったり下がったりと安定しないから、幕府は嫌でも、米相場を制定せざるを得ないと思いますな」

「ちょっと待て、紀州屋……ということは、此度の米の高騰は、幕府が仕組んだ……ということなのか？」

「かもしれない、ということです。もちろん、はっきりとは言えませんがね。明日あたり、一挙に米を市場に流すかもしれません。そしたら、また元の米の値に戻りましょう」

「元に戻る……たったの一日か二日で」

「はい。まさに、此度の高騰は、嵐のような一夜の出来事に過ぎますまい」

「ふむ……」

三四郎は腕組みして唸った。この出来事の裏には、やはり何か大きなカラクリがあるような気がしてならなかった。

南茅場町《みなみかやばちょう》の大番屋の牢に預けられていた忠助は、南町奉行所から赴いてきた吟味方与力の鶴田信三郎に厳しく問い詰められていた。鶴田は南町にその人ありと恐れられている。〝折り鶴〟の異名があって、体を真っ二つに折るほどの釣責《つりぜ》めの名人であった。

「た、助けて下さい……ほ、本当に私は何もしていないのです……」

忠助は哀願した。もっとも、笞打ち、石抱かせ、海老責めの〝牢問〟と違って、釣責めは評定所の許可を要するから、与力や同心が勝手に行うことはできない。

傍らには、富永と大熊も立ち会って、縛られて土間に座らされている忠助の体を支えていた。連日の尋問に痛めつけられ、倒れてしまいそうだったからである。

この数日、ろくに飯も食べず、眠ることもできていないのだ。

「猫が小判を運んできたなどと、まだそのような戯言《ざれごと》を申すか」

厳しく鶴田が詰め寄ると、忠助は薄れそうな意識の中でも、懸命に自分が盗んだのではないと首を振っていた。

「やむを得ぬな。石を抱かせるとするか」

「そ、そんな……！」

「一枚、膝の上に置いただけで、おそらく向こう臑《ずね》は折れるであろうな」

大熊がギザギザの洗濯板のような座台を据えると、忠助は泣き出しそうになった。いや、もう泣く気力も失《う》せていた。

そのとき――。

ガラッと表戸を開けて、おたみが入ってきた。女房もほとんど眠っていないの

か、目には隈《くま》ができていて、

「お願いでございます。ちゃんと私たちの話を聞いて下さいまし。どうか、どうか」

富永は面倒臭そうに、必死の形相のおたみの前に立ちはだかって、

「無礼者！　与力様によって、吟味中であるぞ！」

「どうか、お願い致します」

「ならぬ。おまえの話はもう何度も聞いた。返す金に困って一家心中しようとした夜、飼い猫の米吉が一両小判をぶら下げて帰ってきた。その次の日も、その次も……誰が、そのようなことを信じるか」

「本当のことでございます」

おたみが手招きをすると、お玉が米吉を抱きかかえて入ってきた。お玉にはおとなしく抱かれたままである。

「ご覧下さい……あちこち出歩くので、しばらく行方が分かりませんでしたが、ほら、このとおり……」

猫の首の小袋には、たしかに小判が一枚入っている。それを取った富永は、

「かような細工、いくらでもできるではないか。盗んだ金をここに入れれば済む

話だ」

「違います。米吉はさっき帰って来たんです。本当です。信じて下さい」

「無理だな。金の在処《ありか》をまだ吐いてないからな」

「盗んでないものを、隠せるわけがありません。私たちは知りません」

鶴田は猫と小判を見せろと言うと、富永は猫から小袋を外して手渡した。それをまじまじと見ている鶴田の前で、

「私たちは……たった十両の金を返せないばっかりに死のうとまでしたんです……でも、米吉が救ってくれた……本当に、有り難くて有り難くて感謝しました」

と、おたみは切実に訴えた。

「もしかしたら、私たちの窮状を知った誰かが届けてくれたのかもしれません……本来ならば、その誰かの所へお礼に行くべきかもしれません……でも、探す術《すべ》がなくて……そしたら、また一枚、一枚って……だから、つい調子に乗ったのは悪かったかもしれません。だからといって、人様のお金を盗む勇気がもともとあるならば、死のうなんてしません」

「それは勇気とは言わぬ」

鶴田は毅然と言った。

「あ、はい……でも、あの夜、米吉が後ちょっとだけでも帰って来るのが遅かったら……私たち親子は死んでた……死んでたんです。うう……」

泣き崩れるおたみに、鶴田は小袋を見せて、

「探す術がないと言ったが、猫が出歩く範囲なんぞ、たかが知れている。この袋の持ち主を探せば分かる話ではないか」

「あっ……」

と見た富永に、鶴田は差し出して、

「探してこい。もし、小判を恵んだ奇特な者がいたとしたら、吟味をし直さねばなるまい。むろん、忠助。だからといって、『紅屋』から手文庫を盗んだのが、おまえではないと決まるわけじゃないが、疑念は薄れよう」

「は、はい。ありがたいことです。ありがたいことです」

縛られたままの忠助は何度も鶴田に頭を下げて、傍らの妻と娘を涙目で見つめた。

七

小袋の持ち主は意外にもすぐに分かった。忠助の住む長屋からは、数軒離れた所にある『福多屋』という小間物問屋だった。

「はい。確かにこれは、親父のものだと思います」

訪ねてきた富永と大熊に、弥吉は裏地をひっくり返して見せながら、

「おきみが作った巾着です」

「——おきみ……？」

「妹です。米問屋の『天満屋』に嫁いでます。しばらく大坂に行っていたのですがね」

「ああ、あの『天満屋』か……大変なことになってるらしいではないか」

「それもこれも、借金棒引き令のせいでして……あ、いえ」

バツが悪そうに俯《うつむ》いた弥吉を、富永はじっと見据えて、

「俺は別にチャラにした借金なんぞないぜ」

「あ、はい……とにかく、この小袋には、お父っつぁんが、大事な判子を入れて

いたのですがね……そういや、この前、小判を入れて、猫の首に下げてたって、
妹が言ってたなあ」

「親父さんがかい？」

「ええ」

「ほう。大したお大尽様だな……」

疑り深い目の富永を、弥吉は離れにいるはずの嘉兵衛の所に案内したが、そこには姿がなかった。またぞろ、町中へひとりで散策に行ったようだった。少し惚けていて、帰り道に迷うこともあると聞いた富永は、とにかく一緒に探してくれと弥吉も引っ張り出した。

日和《ひより》がよければ、神田から日本橋まで足を伸ばすことがある。もしかしたら、妹の嫁ぎ先かもしれないと訪ねてみると、案の定、取りつけ騒ぎでごった返している店内の片隅で、嘉兵衛はおはぎを食べていた。

「お父っつぁん。何をしてるンだ、こんな所で……」

弥吉が声をかけると、嘉兵衛は皿を返して、口の周りのきな粉を拭《ぬぐ》いながら、

「これは、どうもご馳走様でした。大変、美味しゅうございました」

「私ですよ、親父」

「では、私はこれにて……どうも、この店は騒がしいですな」

立ち去ろうとする嘉兵衛の腕を、弥吉は摑んで座らせて、富永を振り返った。

「この調子なんです。いつもというわけではありませんが、たまに私の顔や妹の顔も……でも、なぜかこうして歩いて来ることもあったりで……」

「それは大変だな。ちゃんと見てないと、川に落ちたり、何処か遠くに行ったりして、行方不明になってしまうぞ」

心配しながらも富永が、猫の首に下げた小判のことを尋ねると、嘉兵衛は何の話だと嚙みつくように言い返してきた。

「私はね、昔からお化けと町方同心が嫌いなんだよ。金も払わず消えちまう、どっちも〝お足〟がないって」

「こいつは上手いこと言うじゃねえか」

感心する大熊の頭を小突いて、

「これじゃ、お白洲に出しても無駄だな。妹に確かめさせてくれねえか」

と富永が弥吉に頼んだとき、三四郎が振り向いた。

「これは富永の旦那じゃないか。こんな所に来て、旦那も〝米札〟の交換かい」

「何言ってやがる。こっちは御用の筋なんだよ」

十手を掲げて、盗みの事件を調べているところだと言った。

「盗みか……盗みといや、この『天満屋』の主人も大盗賊かもしれないぞ。もっとも、米の高騰で、泡を吹いているようだがな」

「え？」

「まあ、ついて来てみな」

押し寄せている客に対応している番頭や手代を横目に、三四郎はまるで勝手知ったる家のように奥座敷に向かった。

そこには誰もいなかった。ただ、文机《ふづくえ》の上に、

『申し訳ありません。惣右衛門』

とだけ墨書された紙が残されていた。それを手にした三四郎は、

「──やはりな……嫌に腹の虫が騒いでたンだが」

と俄に気色《けしき》ばんで、

「丁度よかった、富永の旦那。ここの主人、惣右衛門と女房のおきみを探してくれ」

「おいおい。さっきから、なんだ……？」

「もしかしたら、死ぬ覚悟かもしれない。事が起こってからでは遅い。自身番の

番人や町火消し、町内の若い衆などを集めて、とにかく探すンだ」

「親父さんがいないと思ったら、今度は娘夫婦かよ」

「いいから、急いでくれ。死んだなら元も子もない」

いつになく焦った顔の三四郎を見て、富永は大熊に命じて、手を尽くして惣右衛門夫婦を探すよう計らった。垣根越しに、〝百眼〟組頭の左内が見ていて、目顔で三四郎に頷くと小走りで立ち去った。

「バカな真似をするんじゃないぞッ」

三四郎は胸の中で、半鐘が鳴るような焦りが高まってきた。〝米札〟のことを責めるにしても、もう少し言いようがあったかもしれないという思いが脳裏をよぎったのだ。


その日は一晩中、翌朝にかけて探したが、何処をどう探しても、惣右衛門とおきみ夫婦は見つからなかった。

もしかしたら妹から連絡が来るかもしれないと、弥吉は父親を『福多屋』まで連れて帰って、まんじりともせずに待っていた。またぞろ父親にもいなくなられては困るから、同じ部屋に寝かせていた。

すると、離れの方で、にゃあと声がする。

弥吉が障子を開けて見ると、粉雪が落ちていて、離れ部屋に入ろうとしている米吉の姿があった。手で障子をかいて必死に開けようとしている。

入れてやろうと思って弥吉が立ち上がると、米吉は素早く跳ねるように飛んで逃げていった。

「――まったく。何処に行ったのだ、おきみは……」

と弥吉が呟いたとき、嘉兵衛がのっそりと起きてきて、ぶるっと震えると、厠へ行くと歩き出した。足下がおぼつかないので、一緒に行ってやり、寝床に戻ってくると、開いていた障子戸から忍び込んできていたのであろう、米吉が嘉兵衛の寝床の上にいる。

「おうおう。また来たか……寒いからのう、泊まっていけ」

嘉兵衛が座ると、その膝の上に米吉は乗って、くつろいでいる。

「なあ、親父……この猫に小判を持たせたってのは、本当の話かい」

「ああ。そうだよ」

弥吉は何気なく訊いただけだが、嘉兵衛は明瞭に答えた。まともになったり、ぼんやりしたりを繰り返しているのだ。

「どうしてだい」

「この猫が欲しそうにしてたからだ」

「欲しそうにな……ま、そのお陰で、命拾いした一家がいるそうだ。いいことをしたのはいいがな、今度は泥棒に間違われた。まさに禍福は糾《あざな》える縄のごとしだな」

「そりゃ、こっちのせりふだぞい」

ちんぷんかんぷんな答えをした嘉兵衛は、しみじみと猫の背中を撫でながら、

「ありゃ、おきみが生まれたばっかりの頃だ……母さんは産後の肥立ちが悪くてな、寝込んでばかりだった……小間物の商売を始めた頃だったから、儂《わし》もあちこち出ずっぱりでな、ろくに面倒も見てやれなかったよ」

「……」

「まあ、なんとか命は取り留めたが、薬代がたんまりかかってな。稼いだものが右から左だ。母さんは毎日、申し訳ない、申し訳ないって拝むンだな、これが……乳の出も悪かったから、貰い乳をして、よくおきみを抱っこして近所を歩いたもんだ」

「へえ。そんなことがあったのかい。おきみが赤ん坊なら、俺は三つになってた

はずだが、覚えていないなあ」

「若いのに、惚けたんじゃねえのか？」

嘉兵衛は丸くなって布団にもぐった猫を、愛おしそうに眺めながら、

「おまえは寒がりで、この猫みたいに、いつも儂にしがみついて寝てたな……あ
あ、そうだ。あの夜もな……」

「あの夜？」

「もう何もかもダメになって、親子心中しなきゃならないくらい苦しくてな……

そのときも、おまえは儂にしがみついてた……母さんが病がちだったから、甘え
ることもできなくてな。可哀想にと思いつつも……危うく、ひと思いにと思った
ときだ……庭先に一匹の猫が来てな、ガサゴソと犬みたいに土をほじくり返しや
がる」

「猫が……」

「丁度、こんな黒ぶちのな……そしたら……」

小さな箱を抱えるような仕草をしながら、嘉兵衛は語り続けた。

「土の中から、百両程入っている桐箱が見つかったンだ」

「ええ⁉」

「それはきっと、誰かが何処かから盗んで来て隠したものかもしれない。いつから、そこに埋まっていたのかも分からない。庭に梅の木があるだろう。あの辺りだった」

猫はいつの間にか、姿を消していたという。

「御番所に届けようとも考えたが、自分の家の庭だ。儂は誰にも黙ってようと自分に誓い、それで商いをしたんだよ……だから、この黒ぶちが来たときには、ちょいと顔は違うと思ったが、お礼にと小遣いをやったんだわい」

「――そうか……本当だったんだな」

安堵したように弥吉が言うと、嘉兵衛はしっかりと頷いて、

「ああ。嘘なもんか。猫は命の恩人だ」

「いや……忠助って人の話がだよ……親父がやった小判だったたんだ」

喋り疲れたのか、横になって目を閉じた嘉兵衛を見ながら、

「おきみたち夫婦の所にも、猫が現れたらいいのにな」

と弥吉はつぶやいた。

八

町奉行所をあげて、江戸中を探索したせいで、隅田川や掘割、旅籠《はたご》や木賃宿、色々な裏店や商家の寮などから、いくつかの心中死体が見つかった。

いずれも借金地獄に落ちた者、仕事にあぶれた者、病を苦にした者、不義密通の者など事情は様々だったようだが、町奉行所は大騒ぎだった。さほどの生き辛い世の中なのかと、三四郎は愕然《がくぜん》とした。そして、『天満屋』の夫婦も同じように死んだのではないかと、絶望の色が広がった。

そんなとき、左内たち〝百眼〟が懸命に調べていて――。

惣右衛門とおきみ夫婦は、千住宿の外れで、荒川に入水しようとしていたところを、間一髪で助けられた。

樽屋に連れて来られたふたりは、深々と頭を下げて、

「大変なご迷惑をおかけしました。本当に申し訳ありませんでした」

と素直に謝った。

三四郎は、無事でよかったとほっと溜息をついてから、惣右衛門に言った。

「どうしても、あなたと会いたかったのは、事件の真相を知りたかったからなんだ」

「事件の真相……？」

「ええ。今般の借金棒引き令と、〝米札〟の関わりについて知っていることを、お白洲で話してくれませんか」

「お……お白洲⁉」

「惣右衛門さん。あなたが考えた儲け話の〝米札〟……本当は誰にそそのかされたのか、そのことをハッキリと表沙汰にすることで、あなたの責任は半減すると思います」

「……」

「いや、もしかしたら、あなたも被害を受けた方かもしれない。儲け話に利用されただけかもしれない」

じっと見つめる三四郎の目を、疚《やま》しい気持ちがあるのか、惣右衛門はまともに見ることができなかった。

「町年寄というのはですね……前にも話しましたが、町人の味方なんです。味方だなんて言えば、他人事《ひとごと》みたいだけれど、俺は町人であることを誇りに思っている。だから、今度のような旗本御家人を救うための法令なんか、絶対に認めることはできない」

「……」

「あんたも町人のはずだ。だが、武士の味方をした。侍が悪いわけじゃないが、今時の侍は、武士の誇りなんぞ薄れてしまって、金儲けしか考えていない輩が多すぎる」

あからさまに武士の悪口を言う三四郎を、惣右衛門は不思議そうに見ていた。町人の身分ではあるが、樽屋は元は武家である。しかも、町奉行の直属の部下であり、町政を担う立場である。町人を統制するためには、武士の力がなければ、できないはずだ。

たとえば、今般の騒動が広がったとしたら、武力で抑えない限り、騒ぎは静まらない。惣右衛門はそう感じているからこそ、侍の言いなりになってきた。

「やはり……あんたに悪知恵を吹き込んだ者がいるのだね」

「……」

「その誰かが、〝米札〟を作らせた。そして、米を買い占めて値を吊り上げて、〝米札〟を売り抜けた者がいる」

三四郎はじっと惣右衛門を見据えて続けた。

「たった一日か二日の高騰で、莫大な儲けを手にした奴がいて、高笑いをしているはずだ。その後、あんたが大損をするであろうことを承知していながらね」

「……」

「そんな輩を、あんたは庇《かば》うのかい……夫婦で心中をしようと思うまで追い詰めた奴を、庇うことはないと思うがね」

「いや、私は……」

「〝米札〟を買いたいがため、店の金を盗んでまで買った者がいる。『紅屋』という油問屋の手代だ……お陰で、忠助という男が、あらぬ罪をかけられたらしい」

惣右衛門は少しギクリとなった。〝米札〟によって不幸を背負った者がいるのも、事実だからである。

「こっちでも、あんたのことは少々、調べさせて貰ったよ。ほとんど学問も仕事もしていないあんたは、堂島の米相場師について、ひたすら、楽に儲けることばかりを考えた。こつこつと働くことはバカのすることで、一攫千金こそが男の道だと思った」

真剣なまなざしで話す三四郎を、惣右衛門はほんのわずかだが、ギラついた目で睨み返して、先日見せた人を蔑《さげす》むような顔つきになった。

「まさに、米会所はあんたにとって、楽しい浮き世だったんだろうな。水を得た魚のように、あんたは頑張った。賭け同然の相場に、稼いだ金のすべてを注ぎ込んで、どんどん財を増やし、分限者とか大尽と呼ばれる商人ともつきあうようになった」

「……」

「けれど、どんなに金を積んでも、米会所では支配人止まり。金にものを言わせて、大店を買い取ろうとしても、悉《ことごと》く失敗した……問屋仲間が反対したからだ」

「ああ。そうだよ……だから、なんだってンだ……」

まるで、ならず者の地金を現したかのように、惣右衛門の目つきが鋭くなった。

「あんたみたいに、飯を食う苦労を知らん奴には、絶対に分からへんのや。金の有り難みがな……世の中には、一両の借金で死ぬ奴もいるのやでッ……俺の親父みたいにな」

「だから、金で見返したかったのか」

三四郎も突っぱねるように言った。

「ああ。見返したかったンや。それが悪いことかい」

「しかし、あんたは結局、誰にも相手にされなかった……使い捨てだったんだ」

「ちゃう。嫉妬してるだけや。俺を問屋仲間に入れへんとか、好き嫌いだけで、米会所から俺を排除するのは、出る杭《くい》を打ちたかっただけや、古い奴らが」

「本当にそう思っているのか？」

「そやなかったらなんや。俺は、この米の高騰さえなかったら、何百万両も扱う大商人になれたンや。違うかッ。そうなったら、誰もがみんな俺に頭を下げたに違いないわい。敬ったに違いないンや」

声を荒らげて言う惣右衛門に、三四郎はぽつりと、

「本気でそう思っているのなら、おまえなど探すんじゃなかった……」

「……？」

「町奉行所をあげて、俺の仲間も駆り出して必死に探すンじゃなかった。入水でもなんでもさせとけばよかったと思うぜ」

本気ではない。だが、三四郎はそう言いたくなった。

「あんたが株仲間に入れなかったのは、他の者たちが、好き嫌いで弾いたわけじゃない」

「なら、なんや」

「信頼できない人間だと思っただけだ」

きっぱりと断じた三四郎に、惣右衛門は一瞬、言葉を詰まらせて、

「――し、信頼できない……？」

「そうだ。人の生くるは直し。これをしいて生くるは、幸《さいわい》にして免るるなり。そう孔子様も言っている。曲がった心で成功しても、それはたまたまのこと……人に信頼されるかどうかは、別の話だ」

「……」

「今、江戸町人の中には、あんたのことを恨んでいる人もいる。今度のことでな……惣右衛門。どうせ捨てるはずだった命を拾ったおまえだ。生まれ変わったつもりで、精進してみたらどうかな。幕府の中の悪い膿《うみ》を出すために、正直に大岡様に話してみてはどうだ」

「……」

「まあ、この人も信頼しきることはできぬが、他の武家よりはましだと思うがな」

黙ってしまった惣右衛門に、三四郎は一言付け加えた。

「俺は、あんたの考えは間違ってないと思う……これからの世の中は、米の値で

決めるのではなく、金《かね》に信頼を持たせることが大切だと思う」

「どうして、それを……？」

「義理の弟の弥吉さんに常々、言っていたそうじゃないか。本当にこの国を豊かにするためには、収穫によって動く米の値で物事を決めてはだめだ。金銀をもとにした、揺るぎない信頼できる貨幣でないと、人々の暮らしは安定しないと」

「……」

「人も金も、信頼が第一ってとこか」

「──信頼……」

惣右衛門ががっくりと項垂《うなだ》れると、その側に寄り添って、おきみはしみじみと夫を見つめた。そして、ぽつりと言った。

「あなた……死ななくてよかったね……そう思える日がいつかくると思う……」

三四郎も微笑みながら頷いた。

その翌日──。

南町奉行所に、三四郎とともに赴いた惣右衛門は、大岡越前にすべてを話した。借金棒引き令に乗じて、〝米札〟を作ることによって、ボロ儲けをしようと画策したこと。それを承知の上で、幕閣の何人かに利用されたことを告白した。

だが、米価を吊り上げた上で、米会所で〝米札〟を売り抜けた幕閣には、特段のお咎《とが》めはなかった。しかし、この騒ぎが機になって、借金棒引き令は取り下げられたのである。

その後の忠助とおたみ夫婦は米吉が運んできた小判を正直に嘉兵衛に返そうとしたという。だが、

「何の話じゃろう？」

と嘉兵衛は分からなかった。いや、惚《とぼ》けているのかもしれないが、息子の弥吉も、

「困ったときにはお互い様ですよ。どうせ、元々は親父が拾った金のようだし、猫が何処へ運んだかは与《あず》り知《か》りません」

そう言って返済は求めなかった。

「まっ正直に働いたばっかりに、たった十両の金で死のうとした者もいれば、何万両も不正をして稼いで、のうのうとしている者もいる……金とは扱う人の心しだいとはいえ……不思議なものだな」

と忠助は思った。

小判を運んだ米吉は町の噂になって、〝招き猫〟として貸してくれと、あちこ

ちの商家から頼まれた。忠助は一日二朱で貸していたが、ある日、ぷっつりと米吉は姿を消してしまった。欲惚けた人間の顔を見たくなくなったのかもしれない。つまらぬ法令がなくなった後は、樽屋に押し寄せていた人の波も減っていた。雪が降り積もって、江戸は綿をかぶったように、純白で清らかな中で、生まれ変わっていくようだった。

第二話　蝸牛《かぎゅう》の角《つの》

一

白子屋お熊の事件で、すっかり知られてしまった新材木町の一角に、千蔵《せんぞう》の住んでいる長屋があった。九尺二間の棟割長屋だから、風の通りが悪く、日差しも入らず、いつもどんよりとしていた。

「とんでもねえ事件が起こったもんだな」

「まったくだねえ。恐い恐い」

「不義密通の相手と一緒になって、亭主を殺すなんてねえ」

「しかも、母親も手を貸していたって話だからねえ。ああ、恐い恐い」

井戸端で、長屋のおかみさん連中が噂話をしているのは、もう半年近く前に、南町奉行の大岡越前が裁いた大事件のことだ。

材木商『白子屋』の主人は入り婿で、真面目で商売熱心な男だったが、女房のお常は派手好きで、浪費ばかりをしていたから、家業が傾きかけた。ゆえに、五百両もの持参金つきで、娘のお熊に婿を貰ったのだ。評判の美女だったお熊もまた贅沢が身についた娘で、持参金だけが狙いだったのである。

だから、お熊は亭主との同衾も拒んだくらいだった。その一方で、お熊はかねてより、手代の忠七とは男と女の仲で、いつかは夫婦《めおと》になろうと誓い合っていた。そこで、ふたりは亭主の又四郎を毒殺してしまおうと計画した。それに、お熊の母親・お常も乗って、女中ふたりも巻き込み、又四郎を殺害しようとしたが失敗。あえなく御用となったのである。

このことで、お熊と忠七は、市中引き廻しの上、小塚原で獄門にされた。女中たちも死罪になったが、お常はなぜか遠島で済み、主人の正三郎は何も事情を知らなかったが、江戸追放となった。

お常とお熊の母娘《おやこ》は毒婦と呼ばれて、江戸市中に知れ渡った。角地にある大きな商家で起こった事件だけに、なかなか噂が消えることはなかった。そして、『白子屋』がなくなってしまったがために、その影響で店《たな》をたたむ材木商もあった。

千蔵の店もそのひとつだった。

父親の清吉《せいきち》が始めた『日野屋』という店で、当初は木屑《きくず》を集めて、薪《まき》に作り替える仕事をしていたが、次第にその需要が多くなって、『白子屋』の下請けとして材木商となり、町内の月行事《がちぎようじ》や肝煎《きもいり》をするほどの信頼を得ていた。

しかし、卒中で倒れてから体が自由に動かず、息子の千蔵が継いだのだが、商売っけのない男で、店はあっという間に傾いた。『白子屋』の事件が起きたときには、すでに数十両の借金があったから、まるで共倒れのように潰れてしまったのである。

もっとも、『白子屋』とは肩を並べるほどの『松崎屋』という材木問屋があって、主人の孝兵衛《こうべえ》は大きな救いの手を差し伸べてくれた。千蔵も短い間だが、見習い奉公に『松崎屋』に出向いていた縁もあったからだ。

だが、あまりにも千蔵には根性がなさすぎた。父の店を守ることなど、到底、無理だったのである。

住む家もなく無一文になった千蔵には、町名主の雁兵衛《がんべえ》の計らいで、町入用《ちようにゆうよう》から月に幾ばくかの援助が出されるようになった。これは、現代で言えば〝生活保護〟のようなもので、老人を養ったり、迷子を育てたり、不慮の事故に遭った人たちを支えたりするために、町内の積立金から出される。いわば社会福祉の一環だった。

この日――。

雁兵衛が援助金を持って訪ねて来たとき、千蔵はゴロンと横になって、うたた寝をしていた。すっかり寒くなった時節だから、日差しが悪いので、床も壁も冷たい。まるで牢獄みたいな部屋で震えるように眠っていた。さぞや同情をするかと思いきや、

「千蔵さんや。そろそろ、働く気はないのかね。いい若いもんが、日が高くなって寝てるのは、いい迷惑だと思うがねえ」

と冷たい声で言った。

「ああ……これは、名主さん。いつも、ありがとうございます」

横になったまま寝ぼけ眼《まなこ》をこすっている千蔵に、雁兵衛は眉間《みけん》に皺《しわ》を寄せて言った。

「まったく、こんな姿を、お父っつぁんの清吉さんが見たら、なんて言うかねえ」

「さっさと起きろと言うだろうな。その声を聞けなくなって、早一年……まった

く早いもんだなあ」

「そう思うなら、シャキッと起き上がって、仕事探しくらいしなさいな」

「したいのは山々だが、人間動けば金がかかる。だったら横になってた方がマシってもんですよ。そうは思いませんか」

「三年寝太郎じゃあるまいし、援助金は今月で最後ですからね」

そう言って雁兵衛は、一分金《いちぶきん》を一枚、上がり框《かまち》に置いた。一分とは一両の四分の一。独り者がひと月暮らすのには、十分であろう。

素早く跳ね起きた千蔵は、金に飛びつくと、

「ありがたや、ありがたや。これで、今月もなんとか生きてけます、はい」

屈託なく言う千蔵に向かって、雁兵衛はあからさまに嫌な顔をして、

「情けない。千の蔵を建てるような立派な商人《あきんど》になって貰いたい。そう願って名を付けた親父さんの願いも台無しですな」

「蔵がないぞう、だな」

「いいですか、千蔵さん。『白子屋』の事件だって、片がついてもう半年が経つ。おまえさんが店をたたんでからでも半年。病でもなきゃ、体が不自由でもあるまいに、その気になりゃ、幾らでも仕事があるはずだ。私も何度か口入れ屋に連れ

てったり、知り合いの店の奉公人になる手助けもしたつもりですがね」

「名主さん……なんだか、親父みたいな口調になっちまったね。えへへ、そうやって叱ってくれると、死んだ親父を思い出さあ……思い出して涙が出てくらあ」

わざとらしく泣く芝居をする千蔵を、雁兵衛は呆れて見ながら、

「本当にお父っつぁんが生きてたら泣きますよ」

「いや。生きてたら、俺ア楽ができた」

「ああ言えば、こう言う……あんたは〝言い訳千蔵〟と噂されてますが、せんぞう、どころか、言い訳ばかりじゃありませんか」

「口から先に生まれたってなあ、よく言われたよ。五年前に病で亡くなったおふくろにもね。俺ア、つくづく肉親には縁が薄いンだなあと思うと、また泣けてくらあ」

と言いながら丹前を着ると、千蔵はさっさと表に出て行こうとした。

「何処へ行くのかね」

「そうさねえ……取りあえず、湯屋で垢《あか》を落として、髪結床《かみゆいどこ》でサッパリして、鰻《うなぎ》で一杯やろうと思うンだ」

「これこれ。そんな贅沢をさせるために、一分もあんたにあげるんじゃないよ。

誰の金だと思ってるんだね」

「町内の皆様の金だよ。なに、毎度のことだ、気にするねえ」

「何をバカなことを。もっと大事に使ったらどうだね。町の人たちの善意を踏みにじることにならないかい」

「くれた金を何に使おうと、俺の勝手だと思いますがねえ」

「なんということを……」

さすがに雁兵衛も怒りを露《あら》わにして、

「大体、この金は何のために払っているか、おまえさんは承知しているのかねッ」

「自活するためのもんでしょ？　そのために、最低の暮らしはさせてくれる。ありがたいことです。感謝してます」

「分かっているじゃないか。だったら、何でもいいから仕事をして、人様に迷惑をかけないことだね」

「迷惑……？」

「そうじゃないですか。この金も今月が最後ですからね。本当は三月《みつき》までのところを、私の采配で半年に延ばしたんだから、もうこれ以上はできませんよ！」

毅然と雁兵衛が言うと、その目を項垂《うなだ》れて見つめながら、

「そんなに俺が迷惑かい……そうかい……だったら、町を出て行くまでだ」

「……」

「町名主さんには、えらくお世話になりました。この長屋の店賃も大家にかけあってもらって、只同然にして貰っていたのに、本当に相済みません。このご恩は一生忘れません。ええ、何処で野垂れ死にしても誰も恨んだりしません。すべては、白子屋お熊のせいでございます。あいつがあんなことをしなきゃ、うちの店も潰れずに済んだ。この一分を使い切ってから、思い切って大川に身を投げて、あの世で、お熊に文句のひとつでも言ってやりますよ」

まるで役者のように流暢《りゅうちょう》に喋ってから、表に飛び出すと寒空を見上げて、

「おお、さぶいさぶい……はぐれ鳥が飛んで行かあ」

と下駄を鳴らしながら木戸口から、小走りで出て行った。

「まったく……懲りてない……」

溜息で見送る雁兵衛に、長屋のおかみさんたちが文句を言った。

「あんなことを言いながら、今晩もまた帰って来て、うちでぐうたらしてるに違いないンだ。もっと、しゃきっと怒って、町から追い出して下さいな、名主さ

ん」

「そうですよ。でないと、毎日、汗水流して働いてる亭主に申し訳ないよ」

「同じ長屋に、ぐうたらな奴がいると、こっちまで気が滅入《めい》ってくるし」

「ここまで、町で面倒見なきゃいけませんかねえ」

「そうだよ。私たちだって分けて貰いたいよ、積立金を」

洗濯物をパンパンと叩きながら、苛立《いらだ》ったように詰め寄るおかみさんたちに、雁兵衛はまあまあと両手を掲げて、

「そうは言っても、千蔵の父親、清吉さんには、この町は色々と世話になったからねえ。水害のときの溝浚《どぶさら》いはぜんぶ、清吉さんが金を出してくれたし、火事のときの炊き出しだの地震のときの立て替えだの、なんやかやと私財を投じてくれた」

「分かってるけどさ……」

「積立金にも、清吉さんは随分と協力してくれた」

「だからといって、甘やかしちゃ……ねえ」

おかみさんたちの不満は燻《くすぶ》っていた。千蔵に言わせれば、「無職者は、町入用で援助するという決まりがあるから、俺はそれに従って受け取っているだけだ」

ということだ。誰かが理を説いても、必ず屁理屈で返してくる。

「苦労知らずのぼんぼんだから、何をしてもだめで、まともに働く意欲も根気もないようだから、どうしたものかと、こっちも頭を痛めているんですよ。何かよい知恵はないかねえ」

「そんなものありませんよ。出てって貰いたいだけですよ」

乱暴に言うおかみさんたちの顔を見て、雁兵衛も同じ気持ちだったが、千蔵の父親のことを考えると忸怩《じくじ》たる思いがあった。

二

町年寄筆頭の奈良屋市右衛門は何かと樽屋三四郎を目の敵《かたき》にしているが、今度の出来事ほど腹立たしいことはなかった。町入用から〝無職者〟に援助することを、三四郎は断固、続けるべきだと言い張って、南町奉行の大岡に直談判したからである。

かねてより、職のない者を援助するために金がかかりすぎて、江戸の二百五十人余りの町名主からは、

——自分たちだけでは限界があるので、助けて欲しい。

と町年寄に訴え出られていた。

関八州全体が不作の上に江戸の不景気が重なって、職を失う人が沢山、出てきたのである。町内で仕事を探したり、分け合ったりして、食いっぱぐれがないようにしているはずだが、どうしても、あぶれる者が出てくる。その者たちを、三四郎は見捨てる訳にはいかないというのだ。

「そもそも、この援助金は、病や怪我とか、不慮の出来事でお店が潰れたとかで、仕事したくてもできない人を、仕事が見つかるまで支えるためのものだ」

奈良屋は苛立ちを隠すつもりなどさらさらない態度で、三四郎を罵倒するように、

「それも分からないのか、樽屋さん。なのに、町には、働けるにも拘わらず、あえて仕事をしないで、援助の金を貰って、ぶらぶらしている者がいるのだ」

「それは俺も聞いたことがあります」

三四郎が頷《うなず》くと、奈良屋は鼻白んだ顔で、

「おまえさんは、そういう怠け者の味方なのですかな」

「いいえ。働いて貰わねば困りますねえ」

「だったら、そんな輩《やから》のために、大切な町の金を使う必要があるかね。人の金を使って、自分は汗をかこうとしない。働かざる者、食うべからずだ。であろう」

「いえ、俺はそうは思いません」

「なんだと？」

「働かざる者、食えなくても仕方ない……かもしれませんが、〝食うべからず〟というのは、あまりにも傲慢ではありませんか」

「どうしてだ。食いたきゃ、働くべきだとは思わぬのか」

「世の中には色々な人がいますからね。そりゃ、怠け者もいるでしょう。そういう奴もいて、世の中が成り立っているものです。一概に、邪魔者扱いをしちゃいけないと俺は……」

「うるさいッ。おまえの屁理屈は結構」

奈良屋が眉間に皺を寄せるのを、傍らから見ていた、ひとり娘の佳乃が、

「お父様。そんな顔をしていては、また頭がのぼせて倒れてしまいますよ。気をつけて下さいね」

「そんなことが……？」

心配そうに見やる三四郎に、奈良屋は腹立たしげに言った。

「おまえのそのツラが、どうにも私の体に悪いのだよ。人を苛立たせる何かがある。そう言われたことはないかね」

「いえ、まったく。むしろ、好かれる方ですが……なあ、佳乃」

屈託なく同意を求めると、佳乃は父親の手前、曖昧に頷いたが、娘が三四郎に密《ひそ》かに惚れていることを、奈良屋は知っている。だから、余計に虫酸《むしず》が走るのだった。

「とにかくだ。今後は一切、仕事がない者には援助はせぬ」

「そんなことをしたら、物乞いや盗みをするかもしれませんよ」

「やればいいではないか。恥を忍んで、物乞いをして歩くか、獄門を覚悟で盗みを働くがいい。それが嫌なら、働くだろう。甘やかすから、いかんのだッ。よいか、町年寄の役目はだな。そもそも……」

奈良屋が町触《まちぶれ》や公金について扱い、樽屋が町の地割りや災害などを担い、そして喜多村が商人や職人の組合関係を扱っていた。もっとも便宜上のことであって、何事も〝御三家〟が合議のもとで決定するのが筋である。

だから、町年寄筆頭であり、公金担当の奈良屋が意見を集約しようとしていたのだ。が、樽屋は奈良屋の意見には反対の立場で、町奉行に直談判をした。そのことが、奈良屋には尚のこと、気に入らなかったのだ。

「のう、三四郎。何事もごり押しはいかぬぞ」

顰《しか》め面の奈良屋に、三四郎はにこにこと返した。

「お言葉ですが、ごり押しは奈良屋さんでございますよ。援助金をやめるようなことをしたら、本当に食うに困る者が出てきます。そういう者が出ないように、景気をよくして仕事を増やしてやるのが、お上の務めではございませぬか。俺はそのことを、お奉行に言ったまでです」

「私とて、金が世の中に廻るよう、新たな普請を増やしたり、公儀御用達商人に奉公人を増やすよう頼んだり、何やかやと努めているつもりだがな」

「はい。承知しております。それでも、あぶれる者はいるのです。百歩譲って、怠け者は放っておいたとして、病や怪我をした者たちはどうするのです」

「別の手立てを講ずる。たとえば、長期に低金利で貸し付けるとか」

町年寄はそれぞれ、拝領屋敷を人に貸して、地代などが年に数百両入ってくる。樽屋の場合は、〝度量衡〟を決める枡を独占的に扱っているから、二百両余りの金も入る。それを必要な人たちにかなりの低金利で貸しており、場合によっては利子を取らない。奈良屋はそういう金を病人たちに当てようというのだ。

しかし、江戸中の〝無職者〟への支援を町年寄三家だけで賄《まかな》うのは土台、無理な話である。町々の積立金や幕府からの援助がなければ立ちゆかない。

「だからこそ、私は一旦、この仕組みを崩して、本当に支援の必要な者にのみ出すべきだと言っておるのだ。それの何処が分からぬのだ。おまえは私に言いがかりをつけているだけだ。まったく話にならぬッ」

奈良屋の怒りが極致に達して、この際、町奉行の正式な裁断を仰ぐと言い出した。このことは、評定所《ひょうじょうしょ》でも話されるかもしれぬ。そうなれば厄介だと奈良屋は深い溜息をついた。


町年寄や町名主たちが喧々囂々《けんけんごうごう》と意見を出し合って、〝無職者〟に支援金を出すか出さぬかと話していることなど、どこ吹く風とばかりに——千蔵は一風呂浴びて、髪結床で無精髭を剃って髷《まげ》を整え、鰻をあてに酒を少々、飲んでから、ぶらぶらと帰途についた。

町名主には出て行くと言ったものの、他に行く当てなどはないのだ。もっとも、今の支援の仕組みでは、他の町に住むことが叶えば、今度はその町から援助が三月の間は貰える。

そうやって転々と町を移る者もいたが、悪い噂が立つと長屋には住むことができない。今の時節は寒いから、橋の下や土手で過ごすことになると困る。

だが、長屋に帰ると、今まで住んでいた部屋の表戸には、

『空き部屋、借り手求む』

という紙が貼られていた。千蔵はフンと鼻で笑って、紙をはぎ取ると、

「嫌がらせも大概にして貰いたいもんだ」

そう呟きながら、戸を開けようとしたが、留め板を打たれており、びくとも動かない。腹が立った千蔵は戸を蹴って、

「こんな小汚い所、俺の他に誰が借りるってンだ。それに、貼り紙を出すなら木戸口だろうが」

声を荒らげると、その木戸口から、年配の大家が来て、

「あんた、誰だね」

「大家さん……そりゃないだろう。開けてくれよ、寒いじゃないか」

ちらちらと白いものが、空から落ちてきた。

「その部屋に入りたいのだったら、町名主さんに許しを得ないと困りますなあ」

「おい……」

「身元の分からない人を預かるわけにはいきませんのでね」

「洒落《しゃれ》にならないことを言うンじゃないよ」

「いい加減にしないと、町方の旦那を呼ぶことになりますよ」

千蔵は頭にきて、戸を蹴りながら、

「そうかい、そうかい。だったら、与力でも同心でも呼んでくれよッ。この長屋を壊したら、牢屋敷行きだ。こんな寒空の下で過ごすより、牢内の方がマシってもんだ。さあ、呼んでこい、このやろう」

やけくそ気味に暴れていると、本当に同心が駆けつけてきた。南町の富永斉二郎で、岡っ引の大熊も一緒である。

「おっ。いいところに来たッ。とっとと、大番屋だろうが、小伝馬《こでんま》町だろうが、連れてって貰おうじゃねえか」

「町名主の雁兵衛から聞いてるぜ」

富永は千蔵の腕を摑んで、大熊の方に押しやった。

「こんなことをしてちゃ、親父の顔に泥を塗るようなもんだ。仕事がないなら、岡っ引でもやるか。一から仕込んでやるぜ」

「冗談じゃねえや。誰が好きこのんで十手持ちなんかに」

「なんだと？」

「あんたは町のダニみたいなものだ。俸禄を貰った上に、ちくちく善良な人々の血を吸って、てめえじゃ何も稼いじゃいない。あんたに働けなんぞと言われたかないね」

「こうやって、御用勤めを果たしてるつもりだがな」

十手をちらつかせる富永に、千蔵は突き放すように言った。

「聞こえてないのかい、旦那。あんたは人の生き血を吸っているだけだ。米を作ることもできなきゃ、着物も縫えない。そうやって偉ぶってるだけで、やってることは俺と大して変わらないってことだよ」

「随分と嘗《な》められたものだな。望みどおり、大番屋の牢にぶち込んでやる……と言いたいところだが、あいにく先客が何人もいるのでな。おまえの寝床はねえよ」

「お、おい……俺はどうしたら、いいんだよ……」

強がっていたくせに、俄《にわか》に情けない声になって、何処でもいいから寝かせてくれと千蔵は頼んだが、大熊は引きずって長屋の木戸口から押しやった。

「旦那……これこそ洒落にならないぜ……」

「出ていきな。おまえの居場所はもうないんだよ」

「ふざけるなッ」

吐き捨てるように言って、トボトボ歩き出した千蔵の頭に雪が落ちている。すっかり酔いは覚め、湯屋で温めた体も冷え切っていた。やりきれない吐息だけが、生き物のように白く漂っていた。

三

「こうなったら、やけのやんぱちだ」

どうせ迷惑をかける親兄弟も女房子供もいない。押し込みでもやって、大金を盗んで、面白可笑《おか》しく暮らして、あっさりと捕まって晒《さら》し首になっても、いいかもしれない。

千蔵がそんなことを思いながら、まだ宵《よい》の口の町中を歩いていると、雪の中を手を擦《こす》りながら重い荷物を背にした出商いや、急ぎ仕事の大工、どこぞで火事でも起こったのか駆け廻っている町火消し、薄暗い中で仕事をしている桶屋、ようやく仕事を始めたばかりの担ぎ屋台の親父の姿などが、次々と目に飛び込んできた。

　いつも見慣れた風景のはずだが、産んでくれた親に申し訳ないという思いと、自分はもう世の中に必要ではないという思いが半々で、行き場のない己が哀れに感じられてきた。

「くそったれ……そうかい、そうかい……だったら、いいよ。俺はもうどうなったって、誰も心配してくれねえんだしよ」

　渡世人になったり、ならず者に落ちたりする人間の気持ちが少しばかり分かったような気になった。

　表通りから少し奥まった所に、行灯《あんどん》のあかりが洩れている油問屋があった。遅くまで店を開けてあるのは、突然、油が切れて困る人がよくあるからだ。千蔵も子供の頃、よく父親に買いに出された。

　丁度、十歳くらいの男の子が壺を手にぶら下げて、店の前に立ち、店主に声をかけた。

「おっちゃん。まだいいかい？」

「ああ、いいぜ」

「この壺に一杯、おくれ。母ちゃんが夜なべで、縫わなきゃいけねえものがあるんだってさ。内職だよ」

「坊主も偉えなあ」

などという声が聞こえる。夜の四つになれば、火を消さなければならない。それが江戸の決まりだが、こっそりと魚油を灯《とも》して、夜通し仕事をしなければならない者は、幾らでもいた。千蔵の父親も、蠟燭《ろうそく》は明るすぎて咎《とが》められるから、板戸を全部閉めて、薄暗い行灯で、よく算盤《そろばん》を弾《はじ》いていたものだ。

そんな父親の姿を、まさに行灯のようにぽっと思い出した。

子供が油を買って、雪の中をうさぎのように跳ねて帰ると、千蔵はその店の表に立った。中を見ると、かなりの老人がひとりで営んでいる。丸火鉢に手をかかげながら、ふいの客を待っているようだった。

「油かね……」

老人が声をかけてきた。千蔵が何も答えずに立ち尽くしていると、

「真っ白じゃないか。そんな所にいたら風邪をひくから入りなさい。どれ、火鉢にでも当たっていくがよかろう」

と手招きをした。

戸惑った千蔵だが、中途半端な笑みを浮かべて、店内に入ると急に頬が火照《ほて》る

ほど熱くなった。土間にも火鉢をふたつばかり置いてあり、思いがけず暖かくて、千蔵は嬉しくなった。

「ありがたや、ありがたや……」

千蔵は手を擦りながら、火鉢の前に立つと、体中から湯気が出てくるような気がした。

「あの、俺は……買い物に来たわけじゃないんだ。その、ただの通りすがりで……」

「そうかい。じゃ、好きなだけ、当たっていくがいいよ」

「済まないな……今夜は行く所がなくて」

そう千蔵が言った途端、店の親父は少し怪訝《けげん》な顔になって、

「悪いが、泊める所はねえんだ。なんなら、近くに木賃宿があるから、口をきいてやろうか。五十文程はかかるが」

「いや、いいんだ……こうして、ちょっと温《ぬく》もらせてくれるだけで」

「——そうかい……」

先程と同じ口調で言ったが、明らかに訝《いぶか》しがっていた。

千蔵もどこか妙だなと感じていた。たしかに油問屋が遅くまで開けてあるのは、

よくあることだが、もう刻限も刻限だ。しかも、ひとりの老人では物騒だから表戸は閉めて、用は潜《くぐ》り戸でやるものだ。

「親父さん……どうして、こうして開けっぴろげにしてるんだい？」

「この向こうに、自身番があるんだ」

振り返ると、辻向かいに灯を落とした自身番があった。その反対側の木戸番も戸が閉められている。

「こうして、開けていた方が番人の目が届くと思ってよ」

「……」

「ここは何度も押し込みにやられてね。だから、逆に中が見えるようにしていた方が、こっそり押し込むことはできないし、自身番の人たちもすぐに駆けつけてくれる」

「あ、ああ……」

「だから、兄さんがこの店で盗みを働いても無駄だよ」

老人が唐突に言うと、千蔵はエッと凍りついた。本気ではないにしろ、さっき押し込みでもしようと思ったことを見透かされたと思って驚いたのである。

「冗談だよ、兄さん……ああ、そうか、そうか」

まじまじと千蔵の顔を見ていた老人は、ポンと膝を打った。

「見覚えのある顔だと思ってたんだが、もしかして、『日野屋』の倅《せがれ》じゃないかい」

「え。ええ……そうですが……」

「どことなく面影がある。親父さんはなかなかのお人だったねえ。自分のことはさて置き、よく人の面倒を見た」

「……」

「私も世話になったひとりさね。こうして、ここで商いをしろって教えてくれたのも、親父さんでねえ。この辺りには油問屋が少ない。しかも、小売りがないから、商いになるってね」

「そ、そうでしたか……」

「仕入れの金まで貸してくれてね。親父さんがいなかったら、私は野垂れ死にしてたかもしれないねえ。いや、大袈裟じゃなくてね。そう思うよ」

「は、はい……」

俯《うつむ》いた千蔵を見た老人は、親を思って悲しんでいると思ったのか、

「済まないねえ……あんなに世話になったのに、ろくに礼も言っていない。言お

うと思っていた矢先に亡くなられて……あんたも無念だったろう……ああ、そうだ」

老人は傍らの手文庫から、一分を出すと、

「ほんのわずかだが、これで線香でも上げてくれないかね」

「こ、こんな大金は戴けません」

「そう言わず。こんなことしかできないが、罪滅ぼしのつもりだから、ささ」

老人は千蔵の手に金を握らせた。

「も……申し訳ありません……なんだか、俺……悪いことをしたような……」

「いいんだよ。私もね、働けないときには、町の皆さんが貯めた町入用から、援助を受けてたからね。その金は、あんたの親父さんが沢山出してたって話だ」

にこり微笑みかけてくる老人に、千蔵は何と言って返してよいか分からなかった。

「ちゃんと供養してあげなさい。それが、あんたの務めだ」

「あ、はい……」

居たたまれなくなって店を離れた千蔵は一分金を握りしめたまま、トボトボとうっすら積もった雪道を歩いていた。

「――こっちは店が潰れて、俺には住む所もなくなった……なんて言えねえよな……いや、あの爺さんは気づいてて、これをくれたのかもしれねえ」

と掌を広げて、一分金を見つめた。

「大金だ……ありがてえ。ほんとに大金だよ……」

親父が生きていたときも、贅沢をしていたわけではない。ふつうの暮らしをしていただけだ。世間で思われているほど裕福でもない。中には、

「あんなに施しをして、よほど金が余っているンだろうなあ」

などと陰口を叩く者もいたが、決して余裕があったわけではないのだ。親父はただただ、自分よりも大変な人に、できることをしていただけのことだ。

ぶらぶらと当てもなく寒い夜空の下を歩いてきたのは、両国橋西詰だった。昼間は見せ物小屋や出店などで賑わっているが、夜はすっかりたたまれて、野良猫がうろついている。

橋番所の軒提灯が白い雪に煙っている。

障子戸は閉められており、橋を通る者もいない。と思いきや、欄干に凭《もた》れるように佇《たたず》んでいる人影があった。

橋の東詰の方から、辻駕籠が提灯を掲げて、エイッホ、エイッホと駆けて来る。

そして、欄干の前の人影が静かに動いたかと思うと、辻駕籠に向かって奇声を上げながら、駆けだした。

驚いた駕籠かきは足を止めて、駕籠を落としてしまった。傾きかけた駕籠をようやく押し止《とど》めたものの、人影はつんのめるように駕籠に倒れかかって、

「この人でなし！　おまえなんぞ、死んでしまえ！　このやろう！」

と怒声を浴びせた。

雪明かりにキラリと光ったのは包丁だった。人影が駕籠の中にいる者に向かって、何度も何度も突こうとしているが、まったくの屁《へ》っ放《ぴ》り腰で迫力がなかった。怒声だけは大きかったが、人影は駕籠かきふたりに抱きつかれるようにして取り押さえられた。

響きわたった大声に、橋番所から番人がふたり飛び出てきて、駕籠の方へ駆けだし、必死に抗《あらが》おうとしている人影を、駕籠かきと一緒になって羽交い締めにした。

腕をねじ上げられて、橋番所の表まできたとき、軒提灯の明かりに浮かんだ顔を見て、千蔵はアッと声をあげた。

父親と同じ材木商を営んでいる『松崎屋』の主人・孝兵衛だった。もう還暦に

なるはずだが、父親の葬儀に来てくれたときより、随分と痩せていると千蔵には感じられた。

乱暴に橋番所に押し込められたとき、千蔵も一緒に飛び込んで、

「松崎屋さん！　孝兵衛さんじゃないですか！　どうしたのです、孝兵衛さん！」

と声をかけた。

振り返った孝兵衛の目はくぼんでいて、生気はほとんど失われていた。長い間、欄干の所で待っていたのか、寒さに震えながらガチガチと奥歯を鳴らしていた。

後で考えると、不思議な夜だと、千蔵は思うのだった。

四

橋番所から自身番、それから大番屋に身柄を移された孝兵衛は、どんよりした目つきのままで、土間に座らされ、富永の尋問を受けていた。

傍らには、千蔵も一緒に座っていて、壇上には、三四郎が沈痛な面持ちでいた。

「とんでもないことをしたな……孝兵衛さん……」

三四郎が声をかけると、孝兵衛は目をしょぼつかせながら、深々と頭を下げた。

「申し訳ありません。どうぞ、晒し首でも鋸引きでも、ご随意にやって下さい。この世に未練はありません。ただ、『葛西屋《かさいや》』だけには一矢報いたかった。それが心残りです」

悔しげに孝兵衛が洩らした『葛西屋』とは、深川で一番の材木問屋で、一昨年、公儀御用達になってから、主人の伊左衛門《いざえもん》はめきめきと商人としての頭角を顕《あらわ》してきた。そろそろ五十の坂は越えるものの、顔は艶やかで脂ぎっており、いかにも強欲な風貌だったから、あまり人には好かれていなかった。

もっとも、商いについては信頼されているのか、問屋仲間の肝煎となり、材木の価格から普請の内訳、町奉行や作事奉行らとの折衝も忙しく行っていた。いわば、材木問屋仲間の重鎮である。その伊左衛門を刺そうとしたのだから、穏やかな話ではない。

「何故、殺そうと思ったのだ。『松崎屋』ともあろう大商人が、人殺しの真似事をするとは尋常なことではあるまい」

今度は、富永が声をかけた。三四郎が同席しているのは、孝兵衛はかつて材木問屋仲間の肝煎だった男で、町場の〝地割り〟を預かっている『樽屋』の仕事を、よく請け負ってくれたからである。殊に、貧しい者たちを受け入れる新しい町作りや火除《ひよ》け地を広げる普請については、材木や人材のみならず、色々な知恵も貸してくれた。

「大商人などと……富永様は皮肉を言っているのでございますか」

「江戸ではなくてはならない材木問屋ではないか。謙遜をするな。それより、『葛西屋』と何か商売上での諍《いさか》いでもあったのか」

「諍い……」

　孝兵衛は自嘲するように笑って、

「その程度のことならば、私も包丁なんぞを持ち出して、待ち伏せなんかしませんよ。本当に殺してやろうと思ったのですからね」

「だが、相手には傷ひとつ付けることができなかった」

「……だから、無念なのです」

　当時、〝未遂〟という概念はなかったが、町奉行の心証によっては流罪にもなることがあり、無罪で済むこともあった。もちろん、儒教の影響が強くて、夫や主人を殺《あや》めようと画策しただけでも死罪になった例もある。

逆に、殺される相手に非があって、害を加えた側にもそれ相当の同情に足る事情などがあれば、罪が減じられることもあった。

「幸い怪我もないのだから、今後は話し合いによって、ふたりの間を『樽屋』が取り持ってもよいと言っている」

「……」

「これもまた町年寄の務めゆえな。有《あ》り体《てい》に事情を話してみろ」

富永に念を押されて、孝兵衛は少しでも吐露すると思いきや、ただただ自分を裁いてくれと言うだけである。

「待ってくれ、孝兵衛さん……」

千蔵がたまらないような顔になって、横合いから口を出した。

「もしかして、自分では死ねないから、お上に託して死ぬつもりじゃないのかい」

ほんのわずかに孝兵衛の目尻が動いた。当たっているのだなと、三四郎は感づいた。千蔵も同じことを思ったのであろう。

「そうだろうと思ったよ……だって、俺も似たようなことを考えたからね」

「似たようなこと？」

孝兵衛が同情の目で首を振るのを、千蔵は見つめ返しながら、

「もう、どうでもよいと思ってさ。俺のことなんざ、誰も必要としてくれていないからな。生まれなくたっていい人間だ」

「……」

「だけど、あなたは違う。うちの親父は、いつも孝兵衛さんのような人になれ、そう言っていた。だから、おたくに奉公にも出されたことがあるし、親父もあなたに倣って、施しの真似事をしていたんだ」

よほど孝兵衛に恩義を感じているのか、千蔵は自分が今、情けない身であることなど忘れて、懸命に訴え続けた。

「死ぬなんて、あんまりじゃないか……あなたみたいないい人が、こんなことをしなきゃならないなんて……死んじゃだめだ。もっともっと、人助けしなきゃ」

「千蔵さん……私は、そのことに疲れたんですよ……」

吐息混じりに孝兵衛はそう言って、全身の力が抜けたように項垂れた。

「ならば、孝兵衛さん。『葛西屋』と何があったか、話してくれないかね。私もできる限りのことはするつもりです」

三四郎が穏やかなまなざしで声をかけると、孝兵衛はしばらく自問自答するように目を閉じていたが、小さく頷いて、

「樽屋さんにそう言われれば、私も少しは気が晴れました。思い詰め過ぎていたのかもしれません」

「うん……」

「実は、『葛西屋』の主人、伊左衛門さんが問屋仲間の肝煎になってから、俄に材木の値が上がってきました。私たち材木商にとって、値上がりするのは悪いことではありません。むしろ喜ぶべきことでしょう」

孝兵衛の目が商人らしい毅然とした輝きを取り戻した。

「でも、あまり上がり過ぎても困りものです。第一、町人たちに迷惑がかかります。高い金がかかるなら、ボロ家のままでいいかと考えます。そしたら、地震や火事になったとき、崩れやすく燃えやすいままだ。それでは困るではありませんか」

「あなたの言うとおりだ」

「少しでも安くできれば、助かる命も沢山あるはずです……でも、『葛西屋』は公儀の普請の方にしか目が向いていない。入札なんてのは表向きのことで、大概は次はどこそこの店が普請を請け負うってことが決まっている。その差配も『葛西屋』がしているから、自分の店が公儀普請を請け負わなくても、金が入る仕組みになっている。伊左衛門の頭の中は儲けのことばかりなんだ」

問屋仲間肝煎を呼び捨てにして、孝兵衛は思いの丈を語った。

「それだけではありませんよ。あいつは、問屋仲間の連中を自分の手代かなんかのように扱って、自分の意に反する者はどんどん除外して、己《おの》が目に適《かな》う店だけに仕事を与える始末でして、このままでは高い木材だけを扱う店が幅をきかせて……私はそれが不安でならないのです」

「それはゆゆしき事態だな。町年寄三家でも十分に話し合って善処しましょう。それにしても……だからといって殺したいとまで思うものですかな」

三四郎はそれが不思議でならなかった。もちろん、義憤に駆られて悪い奴を懲らしめる気持ちは分からないでもない。しかし、凶暴な方法が罷《まか》り通れば、この世は闇であろう。

――何か他に訳があるのではないか。

そう察した三四郎は、今一度、孝兵衛に理由はそれだけかと尋ねたが、

「もしや、樽屋さんは、私が何か伊左衛門に恨みでもあると思っているのですね」

「お白洲ならば、お奉行はそう訊くでしょうな」

「そのようなものは決してありません。あくまでも、商売上のことです。適正な値で売ることこそが、商人の務めですから」

孝兵衛は当然のように答えたものの、三四郎のまっすぐなまなざしに、ほんのわずかだが目を逸らした。何かまだ隠していることがありそうだと感じたが、孝兵衛は今、不安定な心持ちであろうから、少し間を置いて、問いかけようと思った。

「そういえば、孝兵衛さん。あなたには女房子供がいないのですか」

「あ、ええ……おりますよ。でも、家内はもう実家に帰してます。娘も一緒にね。ですから、関わりありません」

「関わりない……？」

「そりゃ、そうでしょ。きちんと離縁をしましたから、私が何をしようが、家内や娘には累が及ばないはず。余計な心配はご無用でございますよ」

半ばムキになって言う孝兵衛の態度に、三四郎は刺々《とげとげ》しさを感じた。

「もちろん、私からは何も言うつもりはないが、人の口に戸は閉《た》てられません。いずれ妻子の耳にも届くかもしれません。たとえ離縁したとしても、もし、あなたが咎人となったら、そりゃ心配するのではありませんか」

「ですから……！」

語気を強めたものの、孝兵衛はすぐに冷静に声を静めて、

「家内や娘には関わりのないことですので、どうか宜《よろ》しく、ご采配下さいまし」

と丁寧に頭を下げた。三四郎は直ちに納得できなかったが、

「大岡様は、『白子屋』であのような事件があったからか、材木問屋のことは殊《こと》の外、案じてなさいます。奉行所のお白洲には、私も同行しますから、気持ちを正直に訴えることです。大岡様は自分を偽るものを一番、嫌がりますのでね」

「あ、はい……」

孝兵衛が頷くと、千蔵も身を乗り出して、

「俺も一緒に行く。そして、孝兵衛さんが如何にみんなの役に立ってくれていたか。そのことを訴えてやりますよ」

「ありがとう……そう言ってくれると、心強いですよ」

と孝兵衛は言ったものの、どことなく気のない返事であった。

五

翌日も、ぽつりぽつりとまた雪が落ちてきた。江戸の冬は関東の空っ風といって、青空が広がるものだが、景気の悪さを表すかのように、どんよりと曇っていた。

三四郎が富ヶ岡八幡宮の鳥居に程近い、永代寺門前町にある『葛西屋』に来たとき、表戸を閉め切って、番頭や手代、商売の取引先の者たちは潜り戸から出入りをしていた。町年寄の樽屋が来たと申し出ても、

「そんな偉い人が、ひとりで来るわけがない」

と主人の伊左衛門は顔を見せようともしなかった。だが、番頭に御用であることをきつく申し渡すと、渋々と会う覚悟をしたようで、店内で会うことを条件に姿を現した。

「これは樽屋のご当主……お初にお目にかかります」

伊左衛門は恐縮したような言葉とは違って、態度はいかにも大商人風に居丈高であった。それに自分は気づいていないようで、三四郎を若造と見るや、

「御用の筋というから、てっきりお奉行所の与力とでもご一緒かと思いましたが、本当におひとりなのですな」

「供の者をつけろと大番頭の吉兵衛はうるさいのですが、どうも窮屈でしてね、見張られているようで」

「お若いですからな。勝手気ままにしたいのでしょうな。こっちの方も」

小指を掲げて下品な笑いを浮かべたが、三四郎はその冗談には応えずに、

「早速ですが、昨夜《ゆうべ》の一件について、お尋ねしたい」

「樽屋さんが……ですか」

「ええ。いけませんか」

「そういう訳ではありませんが……こうして表戸を閉めてあるのも、またどんな輩が襲って来るか分からないのでね、用心をしているのです」

「用心、ですか」

ちらりと奥に続く廊下に目をやると、あまり風体のよくない男がふたり、三四郎のことを凝視していた。その目線に気づいて、

「ああ……あの者たちは私の用心棒代わりです。あんなことがありましたからね、恐くてたまりません」

「そうですか。なら、いいのですがね。近頃は、ならず者の類が何だかんだと言いがかりをつけて、金をせびることもありますから、『葛西屋』さんも気をつけて下さいよ」

三四郎の声を聞いているうちに、ならず者風の用心棒は奥に引っ込んだ。だが、三四郎は緊張を解かないまま、

「あなたを襲ったのは、同じ材木問屋の『松崎屋』の主人、孝兵衛さんですが、何かふたりの間に厄介事でもありましたかな」

「同じ材木問屋？」

伊左衛門は鼻で笑って、

「一緒にされては困ります。向こうは、問屋仲間ではありません。うちの下請けに過ぎないですからな、今は」

「前は、『松崎屋』さんも問屋仲間に入ってましたが」

不愉快そうに唇をゆがめた伊左衛門は、三四郎をじっと見据えて、

「そんなことより……どうして、町年寄のあなたが、こんなことを？」

「不思議ですか」

「お奉行所で、お調べ下さると思ってましたから」

「それでも構いませんが、町人……特に商家については、奉行所で調べるとなると、つまらぬ噂が広がって商売にも及びましょうから、町年寄のところで預かるのです。もっとも、殺しとか盗みとか、大事に至ったものは、お奉行所が直々に扱いますがね」

「昨夜のことは、大事ではないと？」

憤慨しそうな声で、伊左衛門が言うのへ、三四郎は淡々と答えた。

「ええ。ふたりの間に、あるいは、『葛西屋』と『松崎屋』の商売上のことで、何か諍いがあってのことだろうから、その訳を聞きたいと思いましてね」

「訳なんぞ、孝兵衛に訊けばいい。あいつが私を不意に襲ってきたんですぞッ。なんで、こっちが調べられなきゃならんのだ。さっさとお白洲へ引きずり出して、獄門にでもなんでもして貰いたいものですな」

「獄門……それは、ちと酷というものでしょう」

「なぜです。私は命を狙われたのですよッ」

伊左衛門は胸を叩いて、怒りを露わにして続けた。

「幸い怪我はなかったが、あんな輩を野放しにしておけば、また狙われるじゃありませんか。私にも大切な女房子供がいるし、奉公人たちもね」

「ですから、狙われる訳を訊いているのです。心当たりはありませんか」

「あるわけがない。それとも、奴は何か私に恨みがあるとでも言ったのですか」

「ええ、言いました。きっぱりとね」

それだけ言って三四郎は、じっと伊左衛門を見据えた。ほんの一瞬だけ、ゆらり泳いだ伊左衛門の目を、三四郎は見逃さなかった。そして、じっと見返したまま、

「間違いありませんか」

「だ……だったら、それが理由なんでしょうな……」

伊左衛門はごくりと生唾を飲み込んで、

「バカな男だ。たかが娘のために、人生を棒に振って……愚かな奴だ」

「……そうですね」

見据えたままの三四郎の眼光は鋭く、海千山千の輩と丁々発止とやり合ってきた伊左衛門でも、思わず目を逸らしたくなった。だが、そこを堪《こら》えて、あえて睨み返す伊左衛門だった。

「こっちはね、よかれと思って、あいつの娘に手を差し伸べたんだ。それを逆恨みするなんて、とんだお門違いだ。人を恨む前に、借りた金を返せと私は言いた

いね」

三四郎はこくりと頷いて、

「ちょっと調べましたが、おたくは材木問屋仲間にも、かなりの金を貸してますな」

「別に貸したいわけではありませんよ。困ったときは相身互《あいみたが》い。譲り合うのが当たり前ではありませんか」

「で、返すのに困った問屋を、次々と傘下に収めてきた」

「その言い草はどうでしょう……相手の方から、何とかしてくれと頼みに来たから、こっちは救ってあげただけです」

「その中には、『松崎屋』も、あんな事件を起こした『白子屋』もあった」

「ええ……あれだけ派手な事件でしたからな。あの時は、町方与力からも色々と話を聞かれましたよ。主人の正三郎さんは立派な方だし、婿入りしてきた又四郎さんでしたかな、あの人も真面目だったらしいが……まったく母娘して、恐ろしいことを企《たくら》みましたな」

「本当に……人間のすることではない」

三四郎は同意して頷いてから、

「あの母娘の贅沢には、主人も婿殿も頭を痛めていたようだが……『白子屋』の借金のほとんどは商売上のことではなく、まさに母娘の贅沢のためにできたもののだったらしいですね」

「……のようだね」

「あなたは、そうと知って貸していた。それは、どうしてです」

「え……？」

何を訊きたいのだとばかりに、伊左衛門は三四郎を睨みつけた。

「商売のためならまだしも、贅沢したいだけの母娘に金を貸すなどとは、『葛西屋』ともあろう人がやるわけがない。返ってくる金ではありませんからね」

「……」

「つまり、あなたは決して返ってこないと承知の上で貸した。そして、『白子屋』の主人の正三郎さんを追い詰めた。持参金つきの婿養子を迎えても同じことだった……だから、あなたは借金の形《かた》として、『白子屋』という店を貰い受ける約束をした」

三四郎も相手の心の奥を剔《えぐ》るような、強いまなざしで続けた。

「そんな矢先に、あの事件だ……『白子屋』の母娘をそそのかしたのも、あなたではありませんか？　店を取り込むために」

「何をバカなことを！」

伊左衛門は怒り心頭に発して、サッと立ち上がると、

「下らぬ。町年寄だからって、言っていいことと悪いことがありますぞ。帰って下さい。『松崎屋』の話かと思ったら、何を言い出すンだ」

「しかし、事実、あなたは『白子屋』の問屋株も手に入れて、商売を広げた」

「関わりないッ。あんな事件が起こって、迷惑がかかったのは、こっちの方だ。まったく、何なのだ、あんたはッ」

「――気に障ったのなら謝ります。このとおりです」

素直に頭を下げた三四郎だが、ふいに話を戻して、

「ところで、狙われた訳とはなんでしょうか……孝兵衛さんの娘さんに、手を差し伸べたと、さっき言ってましたが」

「え……」

「そう言いましたよね。『白子屋』と同じように、余所《よそ》様の娘に金を貸して、何かそそのかしたのですか」

伊左衛門は呆然と三四郎を見やって、

「どういうことだ……孝兵衛は私を襲った訳を話したンじゃないのかね」

「材木の値を吊り上げてばかりで許せないと言ってましたがね……どうやら、他にも訳がありそうですな。娘のことで、人生を棒に振ろうとしてバカだ、とはどういう意味なのですかな」

みるみるうちに、眉間に皺を寄せた伊左衛門は三四郎を見据えたまま、

「——知らん。ふん、それで私をハメたつもりか、若造がッ。こっちには……」

誰かがついている、とでも言いたかったようだが、伊左衛門は口を閉じて、

「帰って貰いましょう。でないと、私も公儀の御用を預かる身です。たとえ町年寄といえども、少々、手荒い真似をせねばなりませんよ。それでも、いいのですか」

と声を強めると、奥に引っ込んでいたならず者が再び現れた。やくざの地金を露わにした凶悪な目つきであるが、三四郎は身動きひとつしないで、

「売られた喧嘩は買いますよ」

「なんですと……」

「ただし、お白洲でね。もっとも、団十郎なみの〝荒事《あらごと》〟が好きならば、お相手をしてもいいが」

三四郎が言った途端、ならず者ふたりがサッと出て来て蹴りかかった。だが、三四郎は軽く足を払って、ほとんど同時にふたりを土間に投げ飛ばしていた。したたか腰や背中を打ったふたりは呻《うめ》いているだけで、立ち上がることもできない。

「用心棒ならば、もっと腕のある者を雇うのですな。金に糸目をつけずに」

物静かに言うと、三四郎はおもむろに潜り戸に向かいながら、

「お白洲で会うのを楽しみにしてるよ」

と出ていった。

床を踏み鳴らした伊左衛門の形相は、鬼のように醜くゆがんでいた。

六

「頼む。このとおりだ。『松崎屋』さんを助けてやってくれ。お願いだ」

千蔵は土間に正座をして頭を下げた。驚いた顔で見下ろしているのは、町名主の雁兵衛である。

「なんだね、いきなり……町から追い出されたからって、今度は親切ごかしかね。ああ、『松崎屋』の主人のことなら、もう耳に入っているよ。でも、私に言われ

てもねえ」

「そう言わないでくれよ。雁兵衛さん、あんただけが頼りなんだ。そりゃ、俺だって、この足で江戸中、駆け廻って、孝兵衛さんの施しを受けた人を奉行所に呼び集めて、お上に慈悲を訴えたいくらいだ」

「……」

「けど、俺じゃ、誰も応じてくれないだろう。だから雁兵衛さん、あんたに……」

「待ちなさい。訳はどうであれ、孝兵衛さんは、『葛西屋』の伊左衛門さんを刺し殺そうとしたのでしょう。そんな人を庇《かば》う人がいますかね。少なくとも私は御免ですな」

「頼むよ、名主さん」

「おそらく他の人たちに言っても無駄だと思いますよ。そりゃ、孝兵衛さんに世話になった人はけっこういるでしょう。けれど、それとこれは話が違う」

きっぱりと断る雁兵衛を、千蔵はキッと睨み上げると、

「そうかい。ここまで頼んでも駄目かい」

「ええ。駄目ですな」

「分かったよ。もう頼まねえ。さすがは、情け容赦なく、俺を長屋から追い出しただけのことはある。あんたは血も涙もない人だって、よく分かったよ。つまりは『葛西屋』と同じような人間ってことだ。恩を仇で返すような奴に頼んだ俺がバカだった」

千蔵は今にも殴りかからん勢いだが、すんでの所で踏みとどまって、

「思い出したらいい。あんたが、俺の親父の所に金の無心に来た夜のことを……町の人のためにじゃない。それこそ、親不孝のバカ息子の尻拭《しりぬぐ》いのために、来たんじゃないか」

「……」

「俺の親父にもすぐに用立てることはできなかった。結構な大金だったからな。それなのに、雨の中を孝兵衛さんの所まで、一緒に行って頼んだのは、何処の誰だっけねえ。その孝兵衛さんが今度は困ってるンだ。けど、知らん顔だ。よく覚えておけ。金輪際、あんたに困ったことがあっても、俺は……俺は助けねえよ」

雁兵衛に背中を向けた千蔵は、

「ケタくそ悪いッ」

吐き捨てるように言って、通りに向かって駆け出した。

その足で、千蔵は、孝兵衛が事件を起こした夜に、たまたま通りかかった油問屋に向かった。

——あの親切な主人なら、話を分かってくれるに違いない。

と思ってのことだった。

しかし、返ってきた態度は似たり寄ったりで、

「私はたしかに、おまえさんのお父っつぁんには助けて貰ったことはあるが、『松崎屋』さんには何もねえ……」

お白洲で証言をするなんてことは畏《おそ》れ多いと、あっさり断られた。

自分が困ったときには死に物狂いで人を頼るくせに、いざ逆の立場になると冷たいものだ。千蔵は表に出て、舞い落ちる雪を見上げながら、

「そういや、親父は言ってたっけ……人は恩を忘れるもんだ……雪のように積もっても、きれいさっぱり消えてしまうってな。それでも、困った人の頼みは、何だって聞いていた。なんで、そんなことをしてたんだ、なあ、親父……」

千蔵はひとりごちて、とにかく、その後も、思い出す限り、『松崎屋』が面倒を見たであろう人を探し廻って、嘆願書に署名だけでもしてくれと頼んだ。だが、結果は同じで、誰もが尻込みをするだけだった。

中には、借金をしたまま踏み倒した者もいる。心中しかかったのを、すんでのところで救われた人たちもいる。みんな、孝兵衛がいなければ、今は生きていなかった人ばかりなのである。にも拘わらず、素知らぬ顔をするとは、なんて世の中は冷たいのだと、千蔵は思った。

そんな日が、三日、四日と続いた。しかし、誰も聞く耳を持たなかった。

孝兵衛は大番屋の牢から、小伝馬町の牢屋敷に移された。伊左衛門を刺そうとしたことを反省しておらず、殺そうとしたのは確かだし、その思いは消えていない、などと、吟味方与力に語ったからだ。

だが、その理由を問うても、『葛西屋』をのさばらしておけば、江戸の材木問屋の商人としての矜持と誇りが失われるからと述べるだけであった。

一刻も早く、少しでも多くの人から、助命嘆願を集めないと、孝兵衛は下手をすれば死罪にだってなりかねない。『葛西屋』が材木の値上げを仕掛けていたとはいえ、孝兵衛が下請け同然の扱いを受けて、逆恨みをしていたとの疑いは免れないからだ。

千蔵はあちこち歩き廻ったが、わずか数人の嘆願署名しか集まらなかった。しかも、皆お白洲へ出ることは拒んだ。

橋の上で、途方に暮れている千蔵の前に、雁兵衛が現れて、

「随分と頑張ったようだが、やはり無理だったようだね」

と声をかけた。

ちらりと雁兵衛の顔を見ただけで、千蔵は返事もしなかった。

「どうして、みんなが、おまえさんの願いを聞いてくれないか、分かるかい」

「……」

「分からないかい」

「さあね。どいつもこいつも、恩知らずなんだろうよ」

諦めた口調で言う千蔵に、雁兵衛はしみじみと横顔を見つめて、

「そうじゃない……おまえさんを信頼できないからだ」

「え……？」

「おまえさんの親父さんや『松崎屋』さんに感謝をしていたとしても、頼みにきたのが、おまえさんじゃ、どうしてよいものか、みんな悩んだんだろうよ」

「どういう意味だい。俺の何が気にくわないってんだい」

「そりゃそうだろう。千蔵って人の世話になったわけじゃないからな」

「だって、親父たちは……」

「勘違いするな。親父さんへの恩を、息子のおまえさんに返す義理はないよ。もっとも、おまえさんが、それなりに立派にやってれば、話を聞く人もいよう。だが、今の暮らしぶりじゃ、相手にされんだろう」

「……」

「信頼とはそういうものだ。自分で積み重ねなきゃ、何にもならないんだよ」

千蔵の背中が急に丸くなった。

「でもよ……俺は別に自分のためじゃない。『松崎屋』さんのために」

「同じことだ。おまえさんに信頼がない限り、助けたい人のことにも気はいかない……世間が悪いんじゃない。世間はおまえさんの姿を映す鏡だ……まずは自分が信頼される人間になることだな」

雁兵衛はそっと肩に手を置いたが、千蔵はそれを振り払って、

「ふん。何もしないくせに、勝手なご託を並べやがって。呆れて物が言えねえよ」

と橋の下を潜る荷船を、ぼんやり見ていた。

「そうかい……おまえさんは本気で、孝兵衛さんを助ける気はなさそうだね……ぐうたらな怠け者だから、この程度のことで、すぐに諦めるんだな」

それだけを言って、雁兵衛はゆっくりと離れるのであった。

七

いつもの鰻屋『重兵衛』の二階では、紀州屋が伊集院左内と会っていた。白焼きをわさび醤油で食べながら、左内は杯を受けて、

「分かった。与茂助たちにも、できるだけのことはさせよう。しかし、そう簡単に、お白洲に出て来て、証言をする奴なんざ、いないと思うがな」

と半ば諦め顔で言った。

「だが、三四郎様からの命令だ。私たち〝百眼《ひやくまなこ》〟が動かなければ、孝兵衛が死罪になるのを見捨てることになるだろう」

「それもまた運命《さだめ》だと思うがな」

「相変わらず、冷たい言い草をしますな。しかし、三四郎様は諦めない。そういう人だ。現に、自分でも歩き廻っている」

「歩き廻ってる？」

「孝兵衛が面倒を見た人たちの所を訪ねては、その人柄をお白洲で語ってくれと頼んでいたんだ」

「ふん。あの人、らしいや」

「その上……此度の一件で、千蔵とも会ったが、父親とは似ても似つかず、なまくら者でね。三四郎様は、なんとかしたいと思ったようで、町名主の雁兵衛に頼んで、ちょいとばかり、お灸《きゅう》をすえて貰った」

「お灸……？」

「孝兵衛を助けたいという千蔵の気持ちは分かるが、うまくいかなくても、すぐには手助けをしないで、自分で頑張らせろと」

「自分はお節介をしているのにか」

「ええ。だから、町名主は素っ気なく、振る舞っていたらしい。もっとも、長屋の家賃も払えず、町入用からの援助金も打ち切られて困っているだろうから、最悪のことにはならないように、旦那たち〝百眼〟にも見張って貰ってたが」

「そういうことだったのか」

左内は実情を知って、不愉快な顔になったが、

「とにかく、俺が思うに、世間てのはそんなに甘くはない。みんな自分のことで一生懸命なんだ。罪を犯した者を庇うことで、今の暮らしがどんなふうに変わるかということは、誰もよく分かっているはずだ」

「そうですかね」

「ああ。だから、三四郎様も結局無駄足になると思うがな」

「私はそうは思いません」

紀州屋は微笑を浮かべて、自分で納得したように頷きながら、

「今般の事件のせいで、千蔵の心の奥で何かが変わったんだ。たしかに怠け者かもしれないが、みんなが忘れてしまったものを、千蔵だけは持ち続けていたのかもしれない」

「……」

「雁兵衛さんは、千蔵には援助してもらうことへの感謝の念がないと言っていたが、千蔵の屁理屈で言えば、そういう世の中の仕組みを使っていただけのことだ。人が人に、直に思いやりを尽くすのとは、別個の話だったんだろうな、千蔵にとっては」

「相変わらず、あんたも物好きだな。たったひとりの男のために」

杯をあけた左内は傍らの刀を握ると、立ち上がった。

「ひとりを救えない者に、大勢は救えまい。それが三四郎様の……」

「分かってるよ。みなまで言うな、野暮が移る」

と左内は固い表情のまま、部屋から出ていった。

「いつまで経っても、素直じゃないねえ」

残った紀州屋は冷めた白焼きを箸でつまんで、ふうと溜息をついた。

蕨《わらび》宿は日本橋から数えて、二番目、板橋宿の次の宿場である。江戸に近い割には、近くに荒川が流れ、戸田《とだ》の渡しもあって、人や馬の往来も多い。

のどかに白鷺《しらさぎ》が舞う川縁《かわべり》を、汗だくで駆けてきたのは千蔵だった。

宿場外れの小さな茶店が、孝兵衛の女房だったお絹《きぬ》の実家で、娘の小夜《さよ》と一緒に戻っているのである。

倒れるように縁台に座った千蔵は、

「み……水を一杯くれ……」

と嗄《か》れた声で求めると、茶店の中から、お絹がすぐさま湯飲みに瓶《かめ》の水を汲んで、運んできた。千蔵を見るとアッと驚き、目を凝らして、

「おやまあ。千蔵さんじゃないかえ」

喉を鳴らしながら水を飲み干した千蔵は、改めて礼を言うと、

「その節は色々とお世話になりやした……と、こんなことを言ってる場合じゃね

え。こ、孝兵衛さんが、大変なんだ」

「うちの人が……?」

まだ別れて間がないから、思わず〝うちの人〟と言ったが、本人は気づいていないようだった。千蔵は、江戸で起こった事件を手短に話して、お白洲で減刑を訴えて欲しいと頼んだ。

「そんな……うちの人が『葛西屋』さんを……」

驚きは隠せないお絹ではあるが、ふたつ返事で受けてくれると思っていた。だが、お絹から出た言葉は、

「ごめんなさいねえ……私には、とても荷が重過ぎます」

「荷が重いって、おかみさん、孝兵衛さんが生きるか死ぬかの瀬戸際なんですよ。あの人がいかに親切で、人様のお役に立っていたかということを話してくれるだけでいいんです」

「でも……」

「長年、一緒に暮らしたおかみさんが見たまんまの、孝兵衛さんの姿を語って下さい。どうか、どうか、お願い申し上げます」

奉公に出ていた頃の千蔵はまだ十五、六の子供だったから、お絹を母親のよう

に慕っていた。お絹の方も、男の子がいないから、息子のように可愛がっていたのだが、もう孝兵衛と離縁をしたからには、少しばかり態度が空々しかった。

それでも懸命に、手をついて頼む千蔵に、店の奥から出てきた娘の小夜が、

「もう勘弁して下さい」

と、しっかりとした声で断った。

その顔はすっかり大人びているが、千蔵も覚えのある目のくりっとした可愛らしい小夜だった。

「小夜ちゃんかい……しばらく見ないうちに、すっかり綺麗な娘さんになっちまって……俺が店で世話になった頃は、まだ抱きついてくるような子供だったが……」

懐かしそうな声を掻き消すように、小夜はきっぱりと言った。

「お父っつぁんは善人でもなんでもありません。いいえ、むしろ小狡《こずる》い人です」

「え……」

意外な娘の言葉に、千蔵はたじろいだ。

「どういうことだい、小夜ちゃん。俺の知ってる孝兵衛さんは……」

「ですから、それは人前だけの嘘っぱちな顔なんです。その裏で、おっ母さんや

んだ」

「冗談だろう……俺の親父は孝兵衛さんのことを、『神様か仏様が人の姿をしているだけだ』って、いつも言っていたし、奉公して近くで見てたときだって、孝兵衛さんは誰彼、隔てることなく、本当に……本当に心から、人助けをしていたんだ」

切々と語る千蔵に、声を強めて、小夜は繰り返した。

「いいえ、小狡い人なんです。外面がいいだけで、おっ母さんはいつも泣いてた。私が文句を言うと、手を出すことだって、しばしばだった。毎日、地獄のような日々だった」

「ほ、本当かい……」

信じられないと千蔵は首を振った。

「そりゃ、赤の他人様の中には救われた人がいるかもしれません。でも、私たちには鬼のような人だった」

「こんなことを言っちゃなんだが、そういうことはどこの家も多少はあるんじゃないのか。うちの親父だって、俺やおふくろには厳しかった」

「生半可なものではなかったのです。毎日、毎日、心も体もズタズタでした」

私がどんなに苦しんでいたか」

「そ、そんなことが……」

　にわかには信じられない千蔵だったが、それでも懸命に言った。

「家の中のことは分からないけど、でも、これだけは信じて欲しい。孝兵衛さんは身を粉にして働いて、それで蓄えたものは惜しげもなく、人様に与えた。そのお陰で、路頭に迷わずに済んだ人、病が治った人もいる。そして人と人の仲を取り持つことも多かった。そんな人だったんだ。そのことだけは、分かって欲しい。だから、嘘でもいいから……嘆願をしてくれないかな」

　千蔵は少し潤んだ、真剣なまなざしで語ったが、それでも小夜は首を縦に振らず、

「そのお陰で、私たちは苦労しました。だから、おっ母さんだけは、私が守ろうと思いました。離縁してくれてよかった」

「本気でそんなことを……」

「はい。商いは人助けと違うンです」

　小夜の大人びた言い草に、千蔵は打たれたように立ち尽くした。

「商いは人助けとは違う……」

「だって、そうじゃないですか。お陰で、うちは無一文。おまけに、『葛西屋』

さんに店ごと奪われてしまいました」

「……」

「もう帰って下さい。これ以上、おっ母さんをいじめないで下さい」

さらに声を強める小夜に、お絹はもうよしなさいと背中を叩いた。

がっくりと両肩を落とした千蔵は踵《きびす》を返したが、二、三歩進んで振り返って、

「商いは人助け……だよ、小夜ちゃん」

「え……」

「親父も言ってた。ああ、商いは人助けだってことが、やっと今、分かった気がするよ。女房子供を助けるためだけじゃないんだ。人助けなんだよ……人助け」

きっぱりと言って立ち去る千蔵の姿を、お絹は切なげな目で見送っていた。

八

南町奉行の大岡越前が出座したとき、お白洲には冷たい気がピンと張り詰めた。

大岡は町人の気持ちを分かった、温情ある名奉行と言われているが、その一方で、小さな悪も見逃さない厳しい沙汰を幾多、言い渡してきた。庶民の楽しみで

ある出版の統制もしてきた為政者である。特に〝権現様之御儀〟など徳川家に関わるものは一切、排除した。町人とは対立する、お上の人間であるから、下手に同情は期待しない方がよかった。

それでも、発言を求められた千蔵は、必死に自分が思いつくだけの言葉で、孝兵衛がいかに人情味に厚く、大勢の人々を救ってきたかということを語った。

だが、お白洲の真ん中で聞いていた孝兵衛は、まるで他人事のような顔をしており、その左側に離れて座っている伊左衛門は神妙な面持ちで、大岡を見上げていた。

三四郎も孝兵衛の後見人として、一角の床几《しょうぎ》に控えていた。心配そうな目で、お白洲の行方を眺めていたが、無表情の大岡の内心を読むことは難しかった。

とはいえ、大岡の胸三寸で決まる事件である。なんとしても、死罪や遠島だけは免れるように祈っていた。

「さようか……それほど人助けをしてきた者が、何故、刃傷《にんじょう》に及んだのだ」

大岡が尋ねると、千蔵は前のめりになって、

「ですから、それは間違いなのです。孝兵衛さんは、『葛西屋』伊左衛門さんを殺そうなんてしてません」

「おまえには訊いておらぬ。どうじゃ、『松崎屋』が主《あるじ》、孝兵衛」

「待って下さい」

千蔵はそれでも割って入るように、

「孝兵衛さんは意気消沈して、思うように口が廻りません。ですから、俺が公事師のように、代弁しているのでございます」

と申し出た。

公事師とは、今でいう弁護士のようなもので、訴訟の代理をしたり、お白洲で後見役を引き受けたりした。もちろん、千蔵は公事宿の主人の鑑札を得ていないが、三四郎の計らいで、お白洲に出ることができたのである。

「今まで散々、話したとおり、孝兵衛さんは他人に対して、自分のこと以上に尽くしてきた人です。その分、己に降りかかった火の粉を払うことをしない人なのです」

「……」

「今までも、人がやったことなのに自分が悪かったと責めを負ったことだって、沢山あるのです。そうでしょ、孝兵衛さん……この俺も庇って貰いました。奉公していたときのことです。お客さんから預かっていた大切な茶碗を、私が誤って落として割ったことがあります」

　必死に千蔵は言い続けた。

「だけど、そのとき、これを割ったのは自分だと申し出て、多額の弁済をしてくれました。同じようなことを何人にもしているのです。その逆もあります。手違いで『松崎屋』に大損をかけられても、孝兵衛さんは決して声を荒らげたり、怒ったりせず、相手を責めることもしません。むしろ、大変だったねと労《いたわ》ってやるような人なのです」

「だから、何だと言うのだ、千蔵」

　大岡は淡々とした口調で見下ろしたまま、

「公事師代わりと言うならば、おまえに訊くが……では、何故、伊左衛門を殺そうとしたのだ。待ち伏せをして、包丁で刺そうとしたこと、供の者や駆けつけた橋番所の番人たちの証言でも明らかである」

「それは……」

「孝兵衛は、伊左衛門に向かって、『おまえなんぞ、死んでしまえ』と叫んでもいる。しかも、当人が殺そうとしたと認めている。庇うだけ無駄だと思うがな」

「いいえ。それは違います。私も、あの場にはおりましたから」

自分の気を落ち着けるように、千蔵は穏やかな口調で言った。

「どう違うのだ」

「お奉行様のおっしゃるとおり、もしかしたら孝兵衛さんは、伊左衛門さんを殺そうとしたのかもしれません。だって、店は取られ、材木の値上げを平然とやり、どう考えても、『葛西屋』さんのような人が、材木問屋肝煎であり続ければ、江戸は闇の中ですからね……孝兵衛さんがやらなければ、俺がやってたでしょう」

「おまえも確かに、以前は材木問屋であったな」

「はい……親父も、『葛西屋』に借金して、それをネタに脅され、店を手放さなきゃならなくなりました」

千蔵はちらりと伊左衛門を見たが、目をつむって黙って聞いていた。

「孝兵衛さんも同じ事をされたに違いありません」

「だからといって、殺してよいのか？」

大岡が詰め寄ったが、千蔵は首を振って、

「殺していないではありませんか。現に、『葛西屋』さんはここにいる」

「たまさか、怪我もなかっただけで、下手をすれば死んでいたかもしれぬ」

「かもしれぬ……」

「さよう」

「お奉行様は、かもしれぬ、ことで咎人にするのでございますか」

ぎらりと千蔵の目が輝いた。大岡は一瞬、言葉を失って、黙って聞いていた。

「ねえ、お奉行様。かもしれないことで、罪人にされてちゃ、俺なんざ、百回獄門にされても足りないや。大店から金を盗んだかもしれない、人を殴ったかもしれない、女を犯したかもしれない……事実、そこの『葛西屋』を殺したくて、うずうずしていた」

「だが、行いをしたわけではあるまい。心の中で思っただけと、実際に刃物を振り廻したのでは大違いだ」

「お言葉ですが、それでも怪我ひとつしなかった……つまりは、何もしなかった」

「できなかっただけだ」

「だったら、これはどうなるんです？」

壇上の大岡を睨み上げたまま、千蔵はお白洲の砂利を摑んで、伊左衛門に向かって投げたが、それがすべて孝兵衛に当たった。

「何をする、無礼者！」

蹲《つくば》い同心が思わず駆け寄って、千蔵を取り押さえた。

「いてて……」

と言いながらも、大岡には顔を向けて、

「今のはどういう罪になるので？　俺は伊左衛門を狙ったが、孝兵衛さんを傷つけた。狙いが外れても、伊左衛門を狙った咎でお縄になるんですかい」

「おまえは孝兵衛を傷つけた。それで十分だ」

「ならば、お奉行様！」

千蔵は叫ぶように言った。

「孝兵衛さんは、伊左衛門を狙ったが、誰も傷つけなかった！　何の咎なのです！」

「失敗しただけのことだ」

「これは驚いた。失敗したことに、罪を被せるんですかい！」

「屁理屈を申すなッ。かような危ない人間を、放っておくことはできぬのだ」

「何もしていない人間を、お奉行様が危ない人だと決めつけることができるのですか。お奉行様が、すべて正しいのですか！」

不愉快さを露わにした大岡は、「控えろ」と千蔵に命じてから、孝兵衛に目を移した。そして、もう一度、同じ事を訊いた。

「どうだ、孝兵衛……おまえは、人を殺《あや》めようとしたこと、認めるな」

孝兵衛はしばらく、羽交い締めにされている千蔵を見やって、

「――いいえ……」

と答えた。

大岡は少し意外な目になったが、冷静に問い返した。

「吟味方には、ずっと殺すつもりだったと申していたが、なぜ今更、言葉を変えるのだ」

「本当に……殺すつもりはなかったからです……奴を脅して、目の前で胸を刺して死ぬつもりでした。ただただ、自分の死に様を見せつけたかったのです」

しばらく、大岡は孝兵衛の顔を見つめていた。

「まことか……して、その訳は」

「……言えません」

理由だけは、頑として言わなかった。

すると、三四郎がおもむろに立ち上がって、大岡に一礼をして声をかけた。

「娘でございます……」

何を言い出すのだと、孝兵衛は三四郎を振り返った。

「世間体があるから、この話はしなかったが……なあ、孝兵衛さん。お白洲だから、正直に話した方がいい。そのために、娘さんも来てくれたぞ」

三四郎が頷くと、傍らにいた富永が町人溜まりから、お絹と小夜の母娘を連れてきた。そして、孝兵衛の隣に座らせた。

「千蔵が訪ねたときには、動揺して、本当のことを言えなかったらしいが、後で、じっくり考えてみて……ここへ来たのです」

と大岡に向かって、三四郎が言うと、お絹が訥々《とつとつ》と話しはじめた。言うなと孝兵衛は止めようとしたが、大岡にたしなめられて、お絹は続けた。

「はい――伊左衛門さんは、事もあろうに、私の娘を差し出せと言いました……借金の形は、娘の体で許してやると。で……」

孝兵衛は胸が苦しくなったのか、掻きむしるような仕草で聞いていた。

「このままでは店は潰れると思ったのでしょう……私と小夜に言い含めて、伊左衛門さんの店に出向かせました……私も主人と同罪です。娘を犠牲にしてまで、店を守ろうとした……娘を伊左衛門さんの一夜妻にしてしまいました。これで借金は少なくなるだろうと思いました。でも、借金はほとんど減らしては貰えず……結局、『葛西屋』に奪われました」

「そうだったのか」

「娘が……あまりにも哀れで、不憫で、情けなくて……後で聞けば、『白子屋』のお熊さんにも同じようなことをしたとか……」

「……」

「罪の念に苛《さいな》まれた主人は、私たちと別れて、娘が辱《はずかし》めを受けたことだけは、せめて世間に隠しておきたいと……だから、主人も黙っていたのです」

水を打ったように静かになったが、伊左衛門だけは、ばかばかしいと呟いた。

「ばかばかしい？　では、伊左衛門。今の話は嘘だというのか」

と大岡が訊いた。

「はい。まったくの作り話です。私は何も知りません」

「そうか。ならば、それでよい」

「は……？」

「作り話と言ったではないか。孝兵衛の娘は、綺麗な体。それでよい」

「……」

「だが、『葛西屋』の身代は、かなり汚れているようだな。今、奉行所の表には、孝兵衛の助命嘆願を求めて、大勢の人たちが押し寄せてきておる。中には、借りた金まで返しに来ている者もいる。『松崎屋』さんのためならば、とな」

「ま、まさか……」

驚愕で腰を浮かそうとした伊左衛門を、大岡は見据えて、

「どうやら、おまえの口止め料も、結局は、孝兵衛に受けた恩義ほど、人の心を動かすことはできなかったようだな」

「！……」

「情けは人のためならず、だ」

押し寄せている人々は、むろん三四郎たちが陰でやっていたことが功を奏したとは、大岡もうすうすは感じている。だが、説得だけで人は動かない。やはり、孝兵衛の善行が招いた結果なのだ。

「のう、伊左衛門……おまえたちの争いは天から見れば、蝸牛の左右の角がぶつかったくらいに過ぎぬ」

「……」

「これからは、お互い、商いは人助けと心得て、力を合わせてやればどうだ。誰

の利益でもなく、彼の利益でもない。そもそも、材木というのは、江戸町人のためにあるのではないか？　諍いは終わりにせい。どうじゃ、伊左衛門。我欲をなくせば、誰とでも仲良くできるぞ」

「は、はい……」

「では、後はすべて、樽屋藤左衛門に任せる。材木の値のことも含めて、問屋仲間のあり方も見直すがよい」

大岡が毅然と断じると、お白洲の一同は一斉に平伏した。ただひとり、千蔵だけは安堵の笑みを浮かべながらも、

「これで一件落着……俺も後しばらく、援助金で暮らそうと思います。これは、お奉行様、なかなか、よい仕組みだと思います」

「いや。壮健で若い者に只飯を食わせるわけにはいかぬ。だが、商売も向いているとは思えぬ。ついては、本物の公事師になってはどうだ。お白洲での言動を見ておると、この大岡がチト困ったくらいの迫力だったからな、推挙してやる」

その後、千蔵が公事師になるには、まだ時がかかったが、『松崎屋』は再興し、お絹とも復縁し、小夜は婿を迎えることができた。もちろん、持参金などは一文もないが、商いは人助けと思う優しい婿だったという。

第三話　福むすめ

一

仲之町《なかのちょう》は遊郭吉原の中心を貫く大通りで、両側には提灯を掲げた引手茶屋がずらりと並んでいる。大門《おおもん》をくぐった途端、この華やかな賑わいが押し寄せてくる。篝火《かがりび》に舞う小雪もまた風情があるものである。

宵闇が迫る別天地の中では、艶《あで》やかな眩惑の中で、武士も町人も関わりなく、殿方たちは張り見世《みせ》の格子をひやかして廻っている。

「おおっ！」

と感嘆の声が聞こえて振り返る客たちは、一瞬にして目が釘づけになった。

定紋《じょうもん》入りの箱提灯を掲げた若い衆に導かれて、美しい花魁《おいらん》が大勢の禿《かむろ》や振袖新造、番頭新造から遣り手などを従えての〝大名行列〟である。茶屋で待つ客を迎えに来るのが花魁道中だが、帰り道は客のお大尽を加えての行列となる。供の者や太鼓持ちや芸者も一緒になるから、華やかこの上ない。

花魁は張り見世をしないため、ふつうの客は顔も拝むことができないから、この行列を見ることができるのは、まさに幸甚である。張り見世には尻を向けた客たちが、

「やっぱり花魁は違うなあ……いやあ、俺も一度でいいから、ご相伴に与《あずか》りたい」

「無理無理、おまえなんざ百回、訪ねても会ってくれないだろうよ」

「一度、会うのに最低でも二十両はかかる。どだい、住む浮世が違うってことだな」

「こうして見ることができただけでも、ありがたや、ありがたや」

などと言いながら手を合わせている。歌舞伎の大向こうのように、威勢のよい掛け声をかける者たちもいた。日本橋魚河岸が朝千両なら、芝居街は昼千両、そして吉原が夜千両と言われるだけあって、まさに不夜城のごとく煌々と輝いていた。

横兵庫髷に後光のような簪を挿して、黒塗り三枚歯の高下駄で外八文字を描き

ながら歩く花魁の姿は、見事に艶やかで、提灯あかりと白い小雪に染まって一段と美しかった。

だが、同じ吉原の郭内にありながら、花魁の華麗な姿とは縁のない一角もある。〝おはぐろどぶ〟に面した西河岸と羅生門河岸と呼ばれる所で、いわゆる五丁町《ごちようまち》の高級な遊女屋ではない、場末の安い女郎屋が建ち並んでいた。

伊集院左内がこの数日、こっそりと居続けているのが、羅生門河岸にある『梅乃屋』という女郎屋である。岡場所ほど侘びしくはないが、わざわざ浅草の吉原大門をくぐってまで立ち寄りたい風情ではなかった。

見世の目の前は狭い通りを挟んで、すぐに〝おはぐろどぶ〟である。女郎がお歯黒を漱《すす》いで流れは黒ずんでいる。〝おはぐろどぶ〟は幅が五間もあって、濠《ほり》のように吉原を取り囲んでおり、遊女が逃げ出さないためのものである。夜は灯籠あかりで艶《なま》めかしいが、朝になるとまさに黒く濁った溝《どぶ》が現れて、異様な臭いまでする。まるで、厚化粧を落とした遊女であった。

左内が『梅乃屋』に、こっそりと居続けるというのには訳がある。そもそも吉原は宿泊は厳禁で、夜の八つには大門が閉まるから、客は帰らなければならない。遅くとも九つには追い出される。とはいえ、花魁の馴染みともなれば、宵越しで楽しむこともある。そんなときでも、翌朝の六つには、こっそりと四郎兵衛会所の番人に金でも包んで、帰らねばならぬことになっている。

だが、左内が『梅乃屋』に逗留できるのは、遣り手婆、お染《そめ》の親戚であり、用心棒代わりということで、会所に届けているからである。

もちろん刀は大小とも、会所か茶屋に預けなければならない。これは、どんなに身分の高い武家でも同じである。郭内で刃傷沙汰が起こっては困るからである。

「どうせなら、花魁の見張り役をやりたかったものだな」

ぽつりと呟いた左内の側には、着流しの牛太郎《ぎゆうたろう》姿の与茂助がいた。左内の配下の〝百眼〟である。牛太郎とは妓楼主を指すこともあるが、遊郭で働く男衆のことで、〝忘八《ぼうはち》〟とも呼ばれる。

「忘八とはよく言ったものだ。人としての心がけ……そんなものは、俺たちにだってないやな」

と与茂助が言うと、左内は無表情で返した。

「俺はあるぜ。仁義礼智忠信孝悌の八つ……どれひとつ失っちゃいない」

「またまた。冗談は吉原の牛太郎ってね。それにしても、なかなか現れねえが、本当にこの『梅乃屋』に来るのかねえ」

与茂助が心配そうな顔になるのへ、左内は煙管に煙草の葉を詰めながら、

「さあな。だが、今は待つしかあるまい。ここしか、手がかりがないのだ」

ふたりが女郎屋の用心棒や忘八に扮して待っているのは、〝七福神〟と名乗る盗賊一味の頭領を捕らえるためである。

もとより、左内たちは町奉行所の手先ではない。御用十手も預かっていない。だが、樽屋三四郎の命令ゆえ、従わざるを得なかったのである。むろん、町年寄が咎人を捕縛して、町奉行に届けるのは当然のことであるが、予《あらかじ》め潜伏して、罠を仕掛けて自らが探索に乗り出すことはまずない。

「若旦那にも困ったものだな……何か狙いがあるのかね」

与茂助が左内に訊いたのは、本当の目的を〝百眼〟の組頭ならば知っていると思ったからだ。しかし、左内から返ってきたのは、

「俺も知らぬ」

という言葉だった。

「本当に？　内緒はなしだぜ」

「隠し事なんぞ、俺たちの間には何もない。務めについてはな」

「けど、町奉行の大岡様に利用されていないとも限らねえ。あの御仁はあれで、

結構、したたかって噂だし……本当は何かあるんじゃねえのかい」

「しつこいな。知らぬものは知らぬ。俺たちは、ただ務めを果たせばいい」

「務めねえ……俺は近頃、思うんだが、随分と余計なことをしてるような気がして、仕方がねえんだ」

「余計なこと？」

「ああ。俺たちは江戸の安寧秩序を守るために、怪しげな者たちを見つけ、何か起こす前に密かに止めるのが仕事だが、そんなことは大きなお世話だと思わないか」

「……」

「その時は防げても、悪いことをする奴は、また別の時に、別の場所でやるもんだ」

「なるほどな。さすがは島帰りだ。咎人の気持ちがよく分かると見える」

左内が煙管を吹かすと、与茂助は小さく首を振りながら、

「旦那は今でも、俺をそんなふうに見てるんだ……御赦免を受けて、こうして親の跡を継いで〝百眼〟にもなった。だけど、腹から信用していないようだな」

「他人を心底、信頼できる奴なんぞいるものか」

「冷てえなあ……」

「だからこそ、俺たちみたいな者がいて、小さな悪の芽でも摘まなきゃならないんじゃないのか……もっとも、今度は少しばかり、でっかい獲物だがな」

「そうかな。お化けと同じで、捕らえてみりゃ、大したことねえ奴かもしれねえ」

与茂助が悪党の正体を見抜いているかのように言ったとき、

「お邪魔しますよ」

と声があって、女郎が入ってきた。

細面で男好きのする美形だが、深紅の襦袢に、色と模様だけが派手な打ち掛けを羽織った簡素な姿である。表情もどことなく暗い。いかにも不幸を背負っていそうな風貌の女だった。

「お梅姐《ねえ》さん。そろそろ、馴染みの客が来る頃じゃありやせんか？」

与茂助が声をかけると、お梅と呼ばれた遊女は寂しそうな笑みを浮かべた。

右頬に〝えくぼ〟ができて、妙に色っぽい。「梅」という見世の名の文字を貰ったのも、初めてここに来たときに、妓楼主の弥兵衛《やひょうえ》が、一番の稼ぎ頭になると思ったからだという。もっとも、本当の名だとの噂もあった。お梅は少し腫れぼ

ったい目で、

「たまには、休みたいさね……毎日、毎日、つまらない男を相手にしてちゃ、体が壊れてしまうよう」

「そうかねえ。俺も体が動かなくなるまで、お梅姐さんとしっぽり行きたいがね」

「ちょいと。冗談でも、そんなことを言っちゃ駄目だよ。牛太郎が商品に手を出しゃ、きつい懲罰が待ってる。あんた、何処の遊郭で若い衆をしてたのか知らないが、ほんとに大丈夫なのかえ？」

ぐっと睨みつける目つきも板についている。『梅乃屋』に来て十年が過ぎるらしいが、そろそろ年季も明ける頃だ。器量がよい上に気だてもよさそうだから、適当な旦那に落籍《ひか》されてもいいはずだが、

――心から惚れた男がいない。

から、浮かんだ身請け話はすべて断ってきたらしい。だが、本当は間夫《まぶ》がいるのではないかというのが、妓楼でのもっぱらの噂だった。

その間夫こそが、〝七福神〟の頭領ではないかと、左内たちは見ているのだ。名は分からない。顔も分からない。だが、馴染み客の中のひとりであろうことは、

南町奉行所定町廻り同心の富永斉二郎に捕まった賊の下っ端から摑んでいた。

その下っ端は、頭領の顔も見たことがないという。盗み働きをするときも、集まる所は決まっておらず、直前になって破《や》れ寺や木賃宿などに呼び出され、そこで命じられる。その際、頭領は黒っぽい覆面をしているので、目しか見えないという。しかも、常に薄暗い所なので、はっきりとは分からない。

ただ……右目を閉じると、一筋、縦の刀傷が浮かぶという。顔の特徴といえば、それだけであった。

お梅は冷めた茶をごくごくと飲み干すと、

「ふう。ひと息、つけた……自分の部屋にいると、なんだか首を絞められているみたいで気持ち悪くてさ……誰かの顔を見ないと落ち着かないンだよ」

「大変な仕事だな」

「そうだよ。あんたら、その上がりで、おまんま食ってンだから、感謝して貰わないとね。ところで、兄《あに》さん」

と左内に寄り添って、お梅はえくぼを浮かべながら、

「なんで、こんなシケた見世の用心棒なんかやってるのさ」

「そうだな……他に雇ってくれるところがなかった」

「嘘だね。私には、ちゃんと分かってるんだよ。あんたが、どういう人かって」

お梅は左内の正体を知っているかのように、うっすら笑みをこぼして、

「でも、無駄だよ。私を見張ってたって、一文にもなりゃしないから」

意味ありげに言うと、「ああ、忙しい、忙しい」と声を出しながら、二階の自室へと階段を駆け上った。

「――左内の旦那……もしかして……」

気づいているのではないかと与茂助は案じたが、左内は苦そうに煙を吸って、

「鎌を掛けただけだ。下手に動けば、獲物は遠ざかる。ここは我慢のしどころだ。おまえは辛抱が足らないから、ちゃんとやれ」

「へえ、へえ」

与茂助はふて腐れたように頷いて、表に水撒きをしに出ると、まだ雪が降っていた。

二

珍客が来たのは、その寒い夜のことだった。

紀州屋富左衛門である。〝百眼〟惣領が自ら赴いてきて、お梅を買うというのである。裏の顔があるとはいえ、紀州屋は米問屋の隠居である。しかも株仲間の肝煎まで勤め上げた商人ゆえ、妓楼主の弥兵衛でも、

「旦那様が同衾するような女ではありません。ええ、どうかご遠慮下さいませ」

と丁重に断った。

だが、紀州屋はいつもの微笑みを浮かべながら、

「ご覧のとおりの隠居ですぞ。今更、女の柔肌をどうこうするつもりはありませんよ。いや、少しくらいはありますがね、こっちの体が言うことをききますまい」

「でしたら、尚更……」

「けれどね、弥兵衛さんや。お梅は心根のよい女と聞きました。江戸町《えどちよう》や京町《きようまち》という表通りの見世に出しても栄《は》えるほどの女だとか」

「ええ。それはもう器量だけは、なかなかいいので……」

「どうか、これで手を打ってくれますまいか。小判で三百両あります」

「さ、三百両⁉」

きちんとした有名どころの花魁の身請けをするのではあるまいし、その額の多

さに弥兵衛は驚きを隠せなかった。ほんの一瞬だが、欲の浮かんだ顔を見せた弥兵衛は、

「そりゃ……私としては嬉しいし、お梅にとっても幸せなことだと思います。でも、本人の思いもありますし……」

「遊女は売り買いをするもの。当人の心づもりを斟酌《しんしゃく》しなきゃならないのかね」

「まあ、それは当たり前ですよ、旦那様。相手は犬猫じゃない。身も心もある女、いえ、人間ですからねえ」

「だが、元々は金にモノを言わせて、強引に連れて来たのではないか」

「そ、そんな人聞きの悪い……この吉原は御公儀に許しを得た遊郭でございます。女たちはきちんと年季奉公の約定《やくじよう》書を交わして、まっとうに働いているのですから」

「悪かった。そんな話をするつもりではなかったのだ」

紀州屋は素直に謝ってから、

「私も、金にモノを言わせるようで心苦しいが、〝老入《おい》れ〟の独り暮らしは寂しいものでな。娘のような女と過ごしたいもの。どうか願いを叶えて下され」

と懸命に頼み込むと、弥兵衛も頑《かたく》なに拒むことはできなかった。

老入れとは老後のことである。裕福な老人が身のまわりの世話をさせるために、若い娘を置くのは当たり前のことだった。

「そこまで、おっしゃられるのでしたら、紀州屋さん……お梅と直談判して下さいますかな。あれでも、うちの稼ぎ頭ですし、年季はまだ少し残ってますから」

本来なら、郭《くるわ》の遊女を口説くには三回会わなければならないという決まりがある。〝初会、裏、馴染み〟のことである。いくら下級女郎とはいえ、紀州屋が初対面のお梅の身請けをすることなど到底無理であった。

案の定――。

紀州屋が二階に上がって、お梅をものにしようとしたが、あっさりと断られた。〝裏〟を返すこともできなかったのだ。

情けない顔で見世の表に出た紀州屋を、牛太郎役の与茂助が送り出して、

「毎度、ありがとうございます。他にも、いい娘がいますので、よろしくッ」

と言いながら後を追って、低い声をかけた。

「紀州屋さん。どういうつもりですか。俺たちの見張りがあてにならないと？」

「そうではないよ。確かめたいことがあったんだ」

「確かめたいこと？」

「お梅は決して、誰にも身請けをされないってことをだ。よほど惚れているんだろう、相手が〝七福神〟の頭領でなきゃ、郭を出るつもりはないようだ」

「そんなことは分かってるじゃないですか。金だって盗賊だから、ごっそり溜め込んでるはずです」

「その盗賊が来るとは限らない」

「と申しやすと？」

立ち止まった紀州屋は辺りを見廻して、

「〝七福神〟の頭領の名は、神蔵《かんぞう》というらしい。そして、仲間には、元奥州棚倉《たなぐら》藩の藩士で、黒瀬又七郎とその中間《ちゅうげん》だった福助というのがいる。この三人が、盗賊一味だ」

「七人ではないので？」

「又七郎、福助、神蔵の名から、一文字ずつ取って〝七福神〟。手下は何人いるか分からないが、富永さんが捕らえた巳之助《みのすけ》というのを含めて、数人はいるようだ……だが、こいつらは、もうてんでんバラバラになって、それぞれ何処かへ姿を消したらしい」

「ってことは、一仕事を終えて、お梅を迎えに来るってんで？」

「迎えに来るかどうかは分からない。所詮は悪党と女郎のことだ。金の切れ目が縁の切れ目だろうよ」

「金の切れ目……？」

与茂助は意味が分からないと、紀州屋に聞き返した。

「神蔵は、隠れ家として、お梅の部屋を使っていただけだろう。真《まこと》の恋があるとは到底、思えまい。だが、ひとつだけ、どうしても、お梅に会わなきゃならない理由があるんだ」

「なんです、それは……」

「起請文《きしょうもん》だよ」

「女郎と本気だってことを言い交わすっていう、あれですかい」

「文面の中味なんざ、どうでもいい……肝心なのは、その起請文に隠されている絵図面だよ。盗んだお宝の在処《ありか》が記された……」

「お宝の隠し場所……？」

「ああ。しかも、この吉原の中に隠されていたとしたら、嫌でも来なければなるまい」

「つまり、お梅もグルってことですかい」

「グルどころか、本当の頭領は、お梅かもしれないね。とんだ女狐《めぎつね》だよ」

「しかし、そんなお宝をどうやって、郭の中に？」

「さあねえ。花魁道中を使ったか、あるいは別の何か……そこまでは、私にもまだ分かりませんねえ」

縷々《るる》と話した紀州屋の顔をまじまじと見つめて、与茂助は首をかしげた。

「惣領……どうして、絵図面のことを知ったんです」

「なに、俺も元は盗賊だからだよ。蛇の道は蛇ってな」

「ええ⁉」

素っ頓狂な声をあげる与茂助に、紀州屋はシッと指を立てて、

「おまえには冗談も言えないねえ……とにかく、伊集院の旦那と上手くやっとくれ。頼みましたよ」

と五丁町の方へ歩いていった。

「――まったく、食えないお人だぜ……」

踵を返したとき、宵闇に紛れるように小走りで走ってきた小柄な男が、『梅乃屋』に飛び込んでいった。羽織姿の商家の番頭風である。

表通りと違って、羅生門河岸は薄暗い。しかも、遊女自身が客の手を引っ張っ

て見世に連れ込むから、怪しい一角であった。羅生門河岸という名も、「一条戻り橋」で渡辺綱《わたなべのつな》が鬼の片腕を斬り落とした伝説に由来している。

——怪しい……。

そう睨んだ与茂助はすぐさま『梅乃屋』に戻って、二階に上がったばかりの男の背中を見やって、

「旦那……今、登った番頭風の……顔を見やしたか」

と階段の側にある内証《ないしよう》という所にいた左内に訊いた。ここは本当は、妓楼主が座っていて、遊女屋の一切を取り仕切る所なのだが、左内を信じている弥兵衛は自分が留守の間には、見張り役で居させたのだ。

「むろんだ。目に傷はない」

「てことは、お梅の客ではなかった……」

「いや。お梅を名指しできた。だが、〝七福神〟の一味ではなく、ただの繫ぎ役……かもしれないな」

「よく分かりやすね、そんなことが」

「何年、〝百眼〟をやってると思ってるのだ。勘てやつだ」

左内は当たり前のようにそう言ってから、

「奴が降りてきたら、こっそりと尾《つ》けるんだ。おそらく何処かで、神蔵と会うに違いない。おまえの腕……いや、足にかかってるんだから、頼んだぞ」

「合点承知の助だ。その前にちょいと……」

こっそりと与茂助も二階へ上がろうとした。左内はそれを止めて、

「何をする気だ」

「二人の話も聞いておいた方が、都合がいいと思いやしてね」

「よしな」

「ちぇっ……お梅のあの声は、たまらねえくらい艶っぽいって評判なんだぜ」

「いい加減にしないか」

真顔で言う左内に、「へい、へい」と投げやりに答えて、与茂助はその場に座り込んだ。そして、恨めしげに階上を見上げた。

三

南町奉行所の役宅と役所の間にある桔梗《ききよう》之間では、三四郎と大岡が火鉢を挟んで顔を突き合わせていた。

「まあ、そう言うな、三四郎……おぬしと儂《わし》の仲ではないか」

「御免被ります」

「本当はもう、神蔵の行方を摑んでいるのではないのか」

「いいえ。まだ分かりません」

「隠すな」

「――お奉行……はっきり言っておきますが、私は町年寄としては、町政に関して、あなたの直属の部下でございます。ですが、〝百眼〟については、上様の差配しか受けませぬ。これまで何度もお話ししたはずですが」

「そのことよ……今後は、この儂に差配を任せると、上様はご所望だ」

大岡が嘘をついていることは、三四郎は承知している。だが、ここで議論をしても不毛だと思って、

「もう一度、言います。〝七福神〟の探索は、町奉行所の仕事。私は、遊女たちを助けたい。その取っ掛かりとして、お梅を苦界から救い出したいだけです」

実は、お梅の妹と名乗る女から、樽屋あてに文が届いていた。それには、

――生き別れになった姉が、吉原の『梅乃屋』という妓楼で、遊女になっていると聞き及びました。どうか、お救い下さい。

とあった。

町年寄にはよく親子関係やら金銭の揉め事から救って欲しいという願いが持ち込まれる。今で言えば、家庭裁判所のような役目があるから当然のことだが、三四郎は、苦界から救って欲しいという女の思いに引っかかったのだ。しかし、妹と書かれてあるだけで、何処の誰かは分からなかった。

「苦界から救い出す……だと？」

「女たちは、春をひさいで暮らしている。生きるためとはいえ、誰かの犠牲になっているのではないですか」

「だから？」

「本当ならば、公儀がそのような哀れな女を助けてやるのが筋ではありませぬか」

「筋……」

「病で苦しむ者、災害で困っている者、金に困っている者……そんな人々を、人並みの暮らしに戻してやるのが、政事の取るべき道だと思いますが。つまりは、吉原を潰すべきかもしれませぬ」

当然のように言う三四郎に、大岡は笑いを噛み殺しながら、

「三四郎……おぬしはまこと、まともなのか、頭がおかしいのか、分かりかねるときがある。吉原を潰すなどと、さようなことができると思うてか」

「ならば、お奉行は女たちの苦界を野放しにしてよいと言うのですか」

「青臭いことを言うな。女の中には自ら望んで働く者もおる」

「まさか。それは希有なことでしょう。休みも年末年始の二日しかないし、その上、紋日《もんび》には酷《ひど》い目に遭わされる」

紋日とは、五節句、盆、十五夜などに、いつもの倍の値の揚げ代を取る特別の日のことだ。その日に客を取ることができなければ、揚げ代は遊女が自己負担しなければならない。こういう日が、年に九十日もある。これでは、いつもの上がりを全部、妓楼に吸い取られるようなものである。

「それに、吉原は江戸が誇る江戸の華だ。たしかに〝悪所〟と呼ばれているが、では男たちはどうする。女の体を求めて、生娘を手当たり次第、襲ったりすれば、それこそ世は乱れるのではないか」

小馬鹿にしたように笑った大岡はニタリとなって、

「まさか、おぬし……吉原も行ったことがないのではあるまいな」

「ありませぬ」

「なに、まことか⁉　これはこれは、お笑い種《ぐさ》じゃな。ふはは。その若さで、女が欲しゅうないか。それとも、陰間の方が好きか。ふはは、あはは」

腹を抱えて笑う大岡は、真顔で座っている三四郎を見やって、

「おまえは常々、絵草紙だの芝居だの庶民の楽しみをなくしてはならぬ、お上が勝手に奪ってはならぬと申しているではないか」

「はい。その通りです」

「なのに、吉原がなくなれば、男の楽しみがなくなるではないか」

「釣りでも見せ物小屋でもあるではございませぬか。それに、男のために女が犠牲になるのは如何なものでしょう」

「まったく……頭が固い奴よのう」

大岡は呆れ果てた顔に変わって、火鉢の灰をいじっていた鉄火箸を刺し置くと、

「よいか。女郎と博打は神代の昔からあるものだ。なくなることはあるまい」

「しかし……」

「むろん、悪い輩が巣くい、罪なき人を貶《おとし》めることも多い故な、町奉行所が目を光らせておる。吉原は、悪所をなくすための方策のひとつだ。さような所が公儀ではなく、やくざ者たちに支配されていたらどうなる。それこそ、闇ではない

か」

三四郎は釈然としない目で、

「ですが、苦しむ女がいるのは事実。地獄から這い上がりたくても、手足を縛られてもがいているのではありませぬか」

「それもまた地獄の華だ……三四郎。おまえは吉原に足を踏み込んだことがないと言ったが、ならば儂と行ってみぬか。なに、女郎を買えと言っているのではない。年に一度、南北の町奉行揃い組で、吉原の視察があるのだ。町年寄として、同行せい」

そう言ってニンマリと笑う大岡には、何か他の狙いがありそうだった。三四郎は返事をしなかったが、

「これは命令だ。町奉行としてのな」

と念を押された。

お梅を訪ねた小柄な番頭風は、その夜のうちに、神田花房町にある『播州屋《ばんしゅうや》』という蠟燭《ろうそく》問屋の前まで駆けてきた。すっかり閉まっている町木戸を抜けることができたのは、どの番人とも顔見知りだったからである。

「蠟燭問屋の御用聞きか……？」

尾けてきていた与茂助は、小柄な番頭風を見ていて、妙なことに気づいた。てっきり、〝七福神〟の神蔵の手下と思っていたが、『播州屋』からの使いらしかった。潜り戸が内側から開いて、顔を出したのは、手代風の者で、「喜助《きすけ》さん。お帰りなさいまし」と深々と頭を下げて出迎えた。

喜助と聞いて、与茂助は吹き出しそうになった。〝喜助〟とは吉原の用語で、二階の女郎部屋を飛び廻って、遊女と客を取り持つ使用人のことである。

喜助と呼ばれた小柄な奴は、どうやら本当に番頭のようだった。

――しかし、どういうことだ……ただ、吉原に遊びに行っていただけか。それにしちゃ、こんな大店《おおだな》の番頭が、なんで安女郎屋に……。

与茂助が首をかしげたとき、もうひとり、店の中から商家の奥方風の女が顔を出したのが、ちらりと見えた。

「おや……？」

目を擦った。灯《あか》りがなくてはっきり見えないが、なんとなく遊女のお梅に似ている。与茂助は張り込みで疲れているのだろうと、さらに目を擦っているうちに、岡っ引の大熊の顔も店内に見えた。そして、すぐに番頭ともども商家の中に入ってしまった。

「見間違いか……とにかく、大熊が噛んでるのなら、これ以上、案ずることはあるめえ。今日は冷えるから、明日にでも出直すとするか……今夜は積もりそうだな」

空を見上げて踵を返して、路地に入った途端、天水桶の陰から人影がぬっと現れて、同時に、ヒタッと首筋に冷たいものが当たった。刀であることはすぐに分かった。

ギクリと緊張のまま立ち止まった与茂助は、

「だ……誰でえ……」

と声を出すのが精一杯だった。

暗闇の中で感じる相手は、むしり頭のガッチリした体軀の浪人のようだった。いや、もうひとりいる。尻をはしょって小者《こもの》姿のようだが、はっきりとは見えない。

「動くなッ。首が飛ぶぞ」

野太いが低い声で浪人は言った。

「おまえこそ、誰なのだ。大熊と同じ十手持ちなのか」

「大熊を知ってるのか……」

「答えろ」

「……」

「吉原からずっと尾けてたようだが、何を探っておる」

「何も俺は……」

「そうか。だったら用はない。死ね」

問答無用で、浪人がそのまま刀を引こうとしたとき、

「火の用心、火の用心。火の元用心、火の用心さっしゃりませえ」

と朗々とした声で、拍子木を叩きながら来る番人の声が、すぐ側でした。ほんの一瞬、相手の手が止まった隙に、与茂助は身を屈《かが》めて、刀を潜り、大通りに駆け戻った。

すると、「黒瀬様、こちらへ」と小者の声がして、さらに奥の路地に、浪人ともども駆け去った。

——黒瀬……まさか、〝七福神〟のひとり、黒瀬又七郎か⁉

と思って振り返ったとき、

「怪しい奴。そこで何をしている」

火の番人が声をかけてきた。木戸番や自身番、町火消しらが交代で、用心の声を上げながら出廻っており、見かけぬ者には誰何《すいか》するのが決まりとなっている。

「俺だよ。廻り髪結いの与茂助だ。甚左《じんざ》の爺っつぁんだろ」

顔見知りだったので与茂助が応えると、

「なんでえ、おまえさんかい。道具も持たずに、何処へ行ってたんだね」

「まあ、ちょいと野暮用でよ」

「不義密通はならねえぜ。四つに畳んで突き刺されるからよ」

「そんなことするかい。でも助かった……ありがとうよ」

「え？」

「辻斬りに遭いそうになってな。まだ、その辺りにいるかもしれないから、気をつけた方がいい。ひとりは浪人で、もうひとりはその小者のようだった」

「なんだと⁉」

甚左はその昔、町火消しの鳶《とび》をやっていたから、すぐさま呼び子を吹いて、寝ずの番の自身番の番人たちを叩き起こそうとした。町木戸は閉まったままだから、浪人と小者が真夜中に出歩いていれば目立つであろう。

――ピイ、ピイ！

　呼び子が闇夜に響きわたって、自身番に灯りがともる間に、与茂助はその場から、こっそりと離れていた。

四

「なんだと、町方がうろついている？」

　燃える炎を背にした閻魔像の下で、右目に刀傷のある男が振り返った。

「ああ。『梅乃屋』を訪ねた十手持ちがいて、他にも訳の分からない奴が、『梅乃屋』の忘八に成りすまして、お梅を張り込んでいる節がある」

　答えたのは浪人の黒瀬又七郎だった。杯を片手に、真っ赤な顔の閻魔を見上げている。傍らには、中間姿の福助がいた。このふたりは常に主従として、町場を出歩いているようだった。その方が町方に怪しまれないで済む。

「……ってことは、お梅はもう俺の情婦《いろ》だってことがバレてるということだな」

　右目に傷のある神蔵が、酒焼けした声を洩らした。

「どうする、神蔵。盗んだ金は千両近くあるはずだ。贅沢をしても二、三年は遊んで暮らせるだけはある。お梅なんぞ、ほっといて上方にでもトンズラした方が賢くないか」

「そうしたきゃ、そうすればいい」

「神蔵……まさか、おまえ、本気で女郎なんぞに惚れたンじゃあるまいな」

「バカを言うな」

「隠れ蓑に使っていただけのことだろう。情けは命取りになるぜ」

吉原は本来、勘定奉行支配である。年に一度の町奉行の視察は、人殺し盗賊の類が潜んでいないか、阿漕な虐待が行われていないかを調べるためのものだが、実情は形式化していた。ときには与力や同心が遊びに行ったり、探索に出かけることもあるので、その際には協力せよと〝顔見せ〟しているようなものだった。

大門の四郎兵衛会所の対面にある番所には、町方の隠密廻り同心が詰めていて、常に怪しい者が出入りしないか見張っているし、郭の牛太郎たちも悪党には鼻が利くから、たいていの盗賊たちは吉原に入ることは避けていた。

それを逆に、隠れ蓑に使えるのは、馴染みの遊女の協力があってのことである。

遊女が本気で客に惚れることはないが、男が遊女に真剣になることはよくある。

だが、

――傾城《けいせい》に誠なしと世の人の申せども。それは皆僻言《ひがこと》訳知らずの詞《ことば》ぞや。誠も嘘も本一《もと》つ……とかくただ恋路に偽りもなく誠もなし。縁《えん》の有るのが誠ぞや。と『冥途の飛脚』にもあるように、虚実はともかく男女の縁《えにし》に偽りはない。神蔵とお梅は出会うべくして出会い、心を通わせたのである。だからこそ、お梅は神蔵のことを悪党と知りつつも、〝信頼〟しているのであろう。

「甘いのう、神蔵。そういうことでは、これから先が思いやられる。俺は宮仕えを長年してきたが、人の裏切りを嫌というほど見てきた。信じられるのは己だけだ」

黒瀬はぐいと杯をあおると、神蔵も手酌で飲みながら、

「だから好きにしろと言ってるじゃねえか。俺とあんたは上もなく下もない。頃よいところで手を切っていた方が、お互いのためだろうよ。そろそろ潮時かもしれねえな」

「分かった。俺と福助は江戸を去るが、その前に……」

「その前に？」

「金もきっちり三人で分けなきゃならぬ。おまえは、お梅にたぶらかされて、吉原の何処かへ盗んだ分の半分を隠してる」

「……」

「それを戴いてからにする。とはいえ、俺たちが下手に動けば、それこそ御用になる。三日だけ待つ。ここ、深川閻魔堂に持ってくるなり、誰かに届けさせるなりしろ。俺たちは、そのまま上方にでも向かう」

「三日後か……よかろう」

「裏切りはなしだぞ。もし欲をかいたら、おまえが三年前の札差殺しの下手人だと、バラすからな。いや、その前に斬る。よいな」

黒瀬は刀に手をやって睨みつけた。

「そんな恐い目をするなよ。あんたの腕前はよく知ってるからよ」

お互いが牽制し合うように睨みあうのを、閻魔がカッと見開いた目で、睥睨《へいげい》していた。蠟燭が怪しく揺れていた。


翌日、江戸は真っ白な雪に包まれていた。北風も厳しく、行き交う人々の中には蓑笠を身にまとっている者も多かった。

そんな中、三四郎は与茂助に伴われて、『播州屋』を訪ねてきたのである。

出迎えたのは女主人と名乗る〝桜《さくら》〟と、番頭の喜助だった。

与茂助はポカンと口を開けたまま、桜をじっと見ていた。あまりにも驚いた顔

なので、喜助が訝しそうに、

「うちの女将さんが何か……」

「あ、いやいや……実にそっくりな女を知っているもんでね……びっくりしてたんですよ。実は昨夜《ゆうべ》もちらりと見たんだが」

「昨夜？」

こくり頷いた与茂助は、喜助に向かって、

「おまえさん、吉原の『梅乃屋』って遊女屋に行ってただろう」

「え、私が……あ、いえ……」

困ったように俄に顔を赤らめたが、その目が救いを求めるように桜を見た。唐突な話に、桜も少し訝しんで表情を曇らせた。

「何も俺は、女将さんに告げ口をしに来たんじゃねえよ。実は、『梅乃屋』で番頭さんを見かけたものでね。俺は廻り髪結いの与茂助ってもんだが、ちょいと訳があって、『梅乃屋』にいたんだよ」

「あ、はい……」

「その『梅乃屋』のお梅って女郎と、この女将さんが瓜二つなんで、こっちがびっくりこいたくらいでね」

桜はじっと与茂助を見つめ返した。

「何をおっしゃりたいのでしょうか……私が主人を亡くして、女手で商いをしているからといって、からかいに来たのですか」

「待ってくれよ。俺がそんな男に見えるか。それに、そんなつもりなら、わざわざ町年寄・樽屋の当主を連れて来るかよ」

三四郎は目顔で頷いて微笑んだが、桜にはどうにも信じられなかった。町年寄の当主にしては若過ぎるからである。

「お噂には、お若い人だと聞いてましたが……」

「正真正銘の樽屋藤左衛門だ。もっとも、みなには、ご先祖から通称の三四郎と呼ばれているがな」

「そうでしたか。それは失礼をば致しました。で、御用向きとはどのような……」

「もしかして、これを届けてきたのは、あなたではないかと……与茂助の話を聞いて、そう思ったのです」

と三四郎は、お梅の妹と名乗る女から樽屋に届けられた文を見せた。

「生き別れになった姉が、吉原の『梅乃屋』という妓楼で、遊女になっているから、助けて欲しいとあるが……そうなのですか？」

　桜はアッと驚いた目で三四郎を見て、

「そ、そのとおりです。はい、私が確かにお届けしました。番頭の喜助に頼んで」

「ならば、なぜ名乗らなかったのです」

「それは……」

　言い淀んだ桜に代わって、喜助が膝を進めて話した。

「私が隠したのでございます、はい。これでも、うちは三代続く蠟燭問屋でございます。江戸城中や大奥にはもちろんのこと、諸藩の江戸藩邸や色々なお屋敷、名刹《めいさつ》と呼ばれる寺院に蠟燭を納めさせて戴いております」

「うむ。『播州屋』を知らぬ者はあまりいないだろうな」

「ありがとうございます。ですから、女将さんの実の姉が、吉原の遊女だなんてことが世間に知れましたら、色々と厄介だと思いまして、姉だとはっきりするまでは名乗らない方がよいと申したのでございます」

「はっきりするまで……？」

「まだ、お梅という遊女の素性がはっきり分かった訳ではありません。ですから、昨夜は私が自ら、確かめに行ったのでございます。亡き主人も気にしていたことですので」

「そういや、『播州屋』のご主人は、一年程前に……」

「はい。主人の徳兵衛は一昨年に、流行病《はやりやまい》で亡くなってしまいました。突然のことで、私たちは途方に暮れましたが、女将の桜さんが意外に……といっては失礼ですが、頑張り屋で、店を切り盛りしてくれました」

素直に褒める番頭を、桜は首を振りながら、

「とんでもありません。私は喜助の言うとおりにしているだけです」

と謙遜して言った。お互い本当に信頼し合っているなと三四郎は感じた。それは、亡き徳兵衛が商人としても人間としても、立派だったからに違いない。そう思っている三四郎のまなざしに温もりを感じたのであろう。桜は得心したように頷いて、

「今、番頭が申し上げましたとおり、私は生き別れになった姉を探しておりました。双子の姉でございます」

「それが、お梅だと？」

「はい。昨夜、番頭が訪ねてくれて、正真正銘、本当の姉だと分かりました」

まっすぐなまなざしで、桜は三四郎を見つめた。

「では、苦界から姉を救う。その思いを果たしたいのだな」

「もちろんです。ですが……」

桜の表情がわずかに曇って、喜助を振り向いて、

「昨夜あったこと、すべてお話ししてあげなさい、樽屋さんに」

「承知致しました」

喜助は訥々と話しはじめた。

五

昨夜のことである。

客を装って『梅乃屋』を訪れた喜助は、お梅を名指しして、部屋に入った。

安女郎屋らしく、いつも女が暮らしている広くもない部屋には、布団が敷かれっぱなしであった。ここは小見世と呼ばれる所だが、長屋を仕切ったような『局《つぼね》見世』という所では、線香一本が燃え切る短い時で百文という安い女郎が買える。

そこまで酷くはないものの、お梅も下級女郎であることに変わりはない。

「初めてお目にかかります」

　と言いながら丁寧に頭を下げてから、喜助は改めて、お梅をまじまじと見つめた。

「なんだねえ。いきなり気持ち悪いじゃないさ。顔に何かついてるかい」

「本当に……そっくりだ……毎日、顔を突き合わせて暮らしている私でも、分からないくらいですよ」

「何の話だい」

「あ、これは失礼しました。実は私、神田花房町にある『播州屋』という蠟燭問屋の番頭で、喜助と申します」

「蠟燭……そんな明るくて高いもの、うちじゃ使わずに、もっぱら菜種油だよ。本当は魚油にしたいところだけど、それじゃ臭いがあんまりだからねえ」

　お梅は適当に気のない返事をしてから、

「なんだよ、早く着物をお脱ぎなさいな。まさか、商いに来たわけじゃないだろう」

　と自分の方から襦袢をはだけようとした。だが、喜助は正座をしたままで、

「どうか、肌を見せないで下さいまし。私も男ですから、邪《よこしま》な気持ちが起こらな

いとも限りません」

「ふん。何が邪だよ、まったく。からかいに来たのかい」

喜助は同じ双子だとしたら、境遇が違うだけで、このように人柄が変わるものかと、妙に心が寂しくなった。むろん、そのことはおくびにも出さず、

「今日は是非、お尋ねしたいことがあって参りました」

「なんだよ……気味が悪い人だねえ……」

「あなたには、双子の妹がいませんか。名は、桜」

お梅は一瞬にして強ばり、表情が凍りついた。喜助は、女将と生き別れになった実の姉だと確信した。前のめりになりそうなのを耐えて、喜助は続けた。

「子供の頃、別れたまま会うことができなかった妹の桜さんが、あなたのことを探してます。お梅さん、でしょう」

「……」

衝撃のあまり、お梅は何も答えずに、喜助の顔を凝視していた。

「そうなのでしょう？　そうなのですね」

喜助は迫るように訊いたが、お梅はやはり黙ったままだった。それでも、喜助は勝手に話を続けた。

「桜さん……いえ、女将さんの話では、仲よしの双子姉妹が離ればなれになったのは、六歳の頃だったと聞いてますが、あなたは何処か遠くの親戚に貰われたとか。二親からは、双子は鬼子といって忌み嫌われたので、しかたなく離ればなれにしたと、女将さんは聞かされてました」

「……」

「女将さんもお父さんが亡くなり、色々と苦労をしたようですが、母ひとり子ひとりで暮らした後、茶店などで働き、縁あって、うちの主人と一緒になりました」

「……」

「母親のおとせさんは、長年の苦労が祟《たた》ったのか病に伏しがちで、女将さんがうちの主人と一緒になってすぐになくなりました……その臨終の床で、あなたのことを話したのです」

「私のことを――？」

「はい。本当は遠縁の親戚に預けたのではない。お梅は、女衒《ぜげん》に売り飛ばしてしまったのだ。今、何処で何をしているか分からない。でも、お梅のお陰で、一家心中だけは免れた。お梅は、身を犠牲にして、私たち親子を助けてくれた福むすめだった……おとせさんはそう感謝して詫びながら、死んでいきました」

「おっ母さんがそんなことを……」

「よほど、悔やんでいたのだと思います」

「――おっ母さんがね……」

ぽつり呟いたお梅の目から、ほんの一瞬、ぎらりと醜い光が放たれた。喜助にはそう見えたが、ふたりが双子の姉妹であることを、お梅は認めたようなものだった。

「おとせさんが亡くなった後、主人の徳兵衛も一緒になって、手の尽くせる限り、お梅さんのことを探しました。ですが、別れたのはもう二十年近くも前のこと。なかなか分かりようもありませんでした。ところが……」

喜助は身を乗り出して、

「うちの店に出入りしている客から、女将の桜さんにそっくりな遊女を見たという話を聞きました。年の頃も同じだし、出身地も同じ甲州だということで、女将さんは居ても立ってもいられなく……でも、ここに来ることはできませんから、私が代わりに参ったしだいです」

「……」

「梅さん……ですよね」

探るような目になって、喜助が問いかけると、お梅は憎々しげに口元をゆがめて、

「どういうつもりか知らないが、今更、私を探してどうしようってンだい」

「女将さんは引き取りたいと申してます。そして、これからは、姉妹水入らずで過ごしたいと、子供の頃のように」

「水入らずって、亭主がいるんだろうよ」

「残念ながら、徳兵衛も一昨年……」

亡くなったことを話して、喜助は是非、うちに来てくれるようにと頼んだ。そして、切餅をふたつ差し出して、

「こういう所から出るためには、身請け金が要りますが、とりあえず前金だけでもと持ってきました。これを妓楼主にお渡しして、残りもうちで払います」

「おやまあ、びっくり、驚いた……ってことで、お引き取り下さいな」

お梅はきっぱりと断った。

「えっ……」

「たしかに、桜という双子の妹はいましたよ。でもね、今更会っても話すことな

んかないし、こっちは懐かしくも思ってませんよ」

「血を分けた姉妹じゃないですか」

「同じ血を分けた姉妹だからこそだよ……同じ姉妹なのに、どうして私だけが……」

　また憎々しげにゆがめたお梅の顔は、喜助がぞっとするほど、まるで鬼か夜叉のように変わった。それでも、喜助は頭を下げて、

「どうしても、駄目ですか」

「あんたは何も知らないから、そんなふうに言えるんだよ」

「……」

「私は、あのときのおっ母さんの顔は、一生忘れられないね、一生……」

　さらに恨めしい表情になったお梅は、腹の底から、絞り出すような声で言った。

「あの日のことは忘れないよ」

　極貧のどん底だったお梅の一家は、その日食べるものもろくになく、借金を重ねるだけだった。ちょっとした小売りをしていたが、売り物もなくなり、訪ねてきた女衒に、

「借金の形《かた》に娘を連れて行く」

と迫られた。手放したくはないとはいうものの、そうでもしないと生きる術はもうなかった。父親は娘を売る覚悟を決めたが、母親は最後の最後まで、いっそのこと親子心中しようと言っていた。ところが、女衒に迫られた。

「双子のどっちかひとりでいい。選びな。でねえと、どっちも連れて行くぜ。これが、せめてもの俺の情けだ」

そう詰め寄られた母親は、しばらく考えていたが、

「桜を残します」

とハッキリと言った。

理由は、桜は生まれつき心の臓が悪く、親がいないと生きていけない。だが、梅の方は小さな頃から、おてんばで、自分で生きる力がある。利口だから、きっと頑張れる。母親はそう言って、梅を女衒に渡すことを選んだのだった。

「その時、私と桜は寝ていた……でも、私は何だか胸騒ぎがして目が覚めて、襖から隣の部屋を覗いていたんだ……そりゃ涙は流していたけれど、おっ母さんは『桜を残します』と言ったンだ……そのときの私の気持ちが分かるかい」

「……」

「振り返ると、桜は寝息を立てて眠っている。暢気《のんき》なものだと、子供心に思った

よ」

「――嫌だと言わなかったのですか」

喜助が尋ねると、お梅は苦笑を浮かべて、

「翌朝、おっ母さんもお父っつぁんも、綺麗なべべを着られるお金持ちの所に連れてってくれるからな、正月には会いに行くからな……そんな嘘をつきながら、私を見送った……女衒のごわごわした手を、今でも忘れられないよ」

お梅は汚れた手を拭う仕草をして、

「ああ、私は親に棄てられたンだ……桜の方が可愛いんだ……そう思うと憎らしくなってきたけれど、自分じゃどうすることもできなかった。まだ六歳の子に何ができるってんだ」

と感極まって、喜助に切餅を突っ返した。そして、涙も浮かべないまま、

「帰って、桜に言っとくれ。私には親も姉妹もいないとね」

「でも、女将さんは、本当に姉さんは、いい所に貰われていった、幸せになっているに違いない、そう思ってたんですよ、母親が亡くなるまでは」

「だから、それでいいじゃないか。私は幸せに暮らしてる」

同情の顔で見ている喜助に、お梅は悪態をつくように、

「なんだい、その目は……こんな商売だけどね、人様にバカにされるような暮らしはしてないよ。現に男どもが、へいこらと金運んでくるじゃねえか。さ、とっとと、帰っとくれ」

「……」

溜息をついて立ち上がる喜助に、お梅は声をかけた。

「あ、待ちな。やっぱり、せっかくだから、その切餅貰っとこうじゃないか。これで縁切りだ。二度と来るんじゃないよ」

「──よく分かりました……あんたという人のことが……親御さんも女将さんの方を残して正しかったかもしれませんねえ」

喜助は皮肉を言ってから切餅は残し、『梅乃屋』を後にしたのだった。

六

「なんだか、哀れな女ですねえ……」

与茂助は同情の声を洩らして、

「これ以上、張り込むのが辛くなりやしたよ……参ったなあ」

と三四郎に語った。すると、桜と喜助がエッと見やった。

「張り込む？」

桜が訊くのへ、与茂助は誤魔化し笑いをしたが、三四郎は真剣なまなざしで、

「この際だから、あなた方には知っておいて貰いましょう」

そう言って、お梅は町奉行所でも追っている〝七福神〟と名乗る盗人のひとり、神蔵の情婦であることを話した。そして、神蔵を捕らえるために、密かに見張っていることも伝えた。

「お姉さんが、そんな人と……」

あまりにも悲惨な人生に、妹として愕然となったのであろう。言葉を失ったが、
三四郎は慰めるように、

「もしかしたらだが、お梅があなたの申し出を断ったのは、神蔵がいるからかもしれない。神蔵と手を切れば、また考えが変わるかもしれないな」

「……」

「そのときでも、迎えてやる思いはあるかい」

「もちろんです。私は今でも、自分で話に行きたいくらいです。顔も見たいです。私たちは貧しかったけれど、本当に人がうらやむくらい仲がよかったんですよ」

「だが、変わってしまった」

「そうかもしれない。でも、会えば、きっと子供の頃に戻れると思います」

「……」

「まだ小さかったけれど、一緒に花摘みをしたり、草笛を吹いたり、手を繋いで遠くまで歩いていったり、色々と覚えてます。同じ年なのに、梅は姉らしく、とても頼もしかった」

三四郎は桜の思いを胸に叩き込むように、

「俺も力を貸すから、苦界から助けよう。きっと、お梅と同じような思いをしている女も沢山いるはずだ。町年寄として、いや人として、何とかしたいものだ」

「心強いお言葉、ありがとうございます」

「だが、神蔵という男と関わっているということは、お上に捕らえられれば、それなりの罪を背負わねばならぬかもしれぬ。そのことも覚悟をしておいてくれ」

「はい……」

深々と頭を下げる桜と喜助に見送られて、三四郎と与茂助は『播州屋』を出たが、勝負はこれからだった。

「若旦那は一体、どうしたいんです。女郎ひとりを救ったところで、何にもなりやせんよ。やはり、神蔵を捕らえるための罠というだけでしょ」

「そんなふうに、おまえは思ってるのか」

「紀州屋の隠居からも聞きましたがね、若旦那は吉原そのものをなくそうとしているって。そりゃ、どだい無理な話。いくらなんでも、そんなことをしたら……」

「おまえの言いたいことは分かってるよ。だが、少なくとも泣いている女がいれば、手を差し伸べるのが当たり前ではないか」

「そうですかねえ……あっしには大きなお世話としか思えませんがねえ」

「迷惑ってことかい。それで、誰が喜ぶんだ？　女を苦しめて喜ぶのは、そこから金を吸い取る男どもだけだ」

「……ま、いいや。若旦那と話してたら、こっちまで浮世離れしてくらあ」

駆けだす与茂助の背中を見ていた三四郎の顔が、一層、険しくなった。その後、何か閃《ひらめ》いたのか、目を輝かせて踵を返した。

その日――。

昼九つからの昼見世の前に、神蔵が姿を現した。もちろん、誰にも気づかれることのないように、頬被りをして、右目は眼帯をして傷を隠している。

もっとも大門から入ることはできない。番人が目を光らせているからである。

だが、ひとつだけ盲点があった。大門から仲之町をまっすぐ抜けて秋葉常燈明の先にある火の見櫓あたりを、水道尻というが、その一角には、吉原中の妓楼から運び出された灰、残飯、塵芥《ごみ》や糞尿を入れた桶が置かれている。

その塵芥や糞尿は、塵芥取り舟やおわい舟に乗せて、〝おはぐろどぶ〟を渡り、吉原田圃の方へ運ぶことになっている。ときに、その舟に隠れて、外に逃げる女郎もいるから、火の見櫓の番人が目を光らせていたが、塵芥や糞尿を取りに来た人足を誰何することはめったにない。ここには、火事になった際に〝おはぐろどぶ〟を渡るための跳ね橋があるが、普段は使われていない。

神蔵は塵芥取り舟の人足に扮して、桶を運び込むふりをしながら、『梅乃屋』の勝手口に向かい、こっそりと縄梯子を伝って、二階へ上がったのである。

「――おまえさん……」

ひしと神蔵に抱きついたお梅は、いつもよりも強く腕を絡めてきた。

「どうした、お梅。痛いじゃないか」

「早く抱いておくれな。もうすぐ昼見世になっちまう。客が来ちまうからさ」

甘え声で言うお梅を、神蔵はそっと放して、

「その前に、起請文だ。あれがなきゃ、仲間に命を取られる。もちろん、おまえもだ。そろそろ店じまいといきたいんでな」

「今じゃなきゃ駄目かい」

「こうして、人目を忍んで来たんだ。夜はよけいに目立つからよ。昼間なら、却って見張りも手薄なんだ」

神蔵は早く起請文を出せと言った。もちろん、お梅が金の隠し場所を記したものだ。

これまで茶壺や長持などの底に隠して、密かに運び込んだ金を、お梅に任せていたのは、お互いが契り合っていることの証《あかし》であった。決して裏切らないという神蔵の思いを、お梅に知らしめていたのである。

「——ほら。これだよ」

お梅は手文庫の中から、起請文を出して、神蔵に手渡した。

「そんなものなくたって、私の頭の中にあるんだからさ。お金は水道尻の黒い塵芥樽がある、その下の土の中さね」

「おまえがひとりで埋めたのか」

「ああ。真夜中にこっそりね。その黒い塵芥樽には、お札や破魔矢、経文から壊れた仏像なんかが入っていて、年に一度始末するだけだから、誰も近づかないんだ」

「そうかい、考えたな……お陰で、俺にとっても、いい隠れ蓑になった」

起請文を折りたたんで、懐にしまった神蔵は、そのますぐに帰ろうとした。

「暗くなってから帰る方がいいよ」

「ま、そうだがな。丁度、こんななりをしてる。手際よく片付けようと思ってよ。おまえも一緒に来るか」

「今、かい……身請けしに来てくれるんじゃないのかい」

「そのつもりだが、ちょいとお上の目が厳しくなってるしな。おそらく、この『梅乃屋』も張られている。近頃、雇った浪人や忘八がいるだろう」

「えっ。やっぱり、あいつらが!?」

声を上げそうになって、ハッとお梅は口をつぐんだ。そして、囁くように、階下の内証にいる左内のことや、与茂助のことを伝えた。

「こりゃ、まずいな……とっとと退散することにするぜ」

「私は、どうすりゃいいのさ」

「心配するな。近いうちに必ず、お大尽の格好でもして迎えにくるからよ」

「本当かい？」

「俺が嘘をついたことがあるか。おまえだけが頼りなんだからよ」

お梅はこくり頷くと、手文庫から、喜助から貰った切餅ふたつを差し出した。

「これも持ってお行きな」

それを見た神蔵は驚いて、

「……こ、こんな大金、どうしたんだ」

ふっと曖昧な笑みを浮かべたお梅は、昨夜、訪ねてきた喜助のことを話した。

すると、神蔵は興味深げに耳を傾けて、

「そういや……双子の妹がいた、なんて話を前にしてたことがあるな」

「ふん。こっちも驚いたが、いい迷惑だよ。今更さ」

「今更、か……」

神蔵はお梅の言葉を繰り返しながら、

「なるほどな。もしかしら、お梅……俺たちにゃ、思いがけねえ運が向いてきたのかもしれねえなあ」

と切餅を眺めた。

「よしなよ。おまえさんの考えそうなことなんか、すぐに分かるよ」

「言ってみろ。俺が何を考えたって？」

「その『播州屋』とやらに行って、『姉の梅が女郎をしてる。世間にバラして欲しくなきゃ、金を出しな』なんて脅すに決まってるンだ。当たりだろう」

「それも悪かねえが、ちまちま稼いだところでしょうがねえ。つまらぬことで足がつきゃ、元も子もねえ」

強欲な目つきになった神蔵は、切餅を懐に入れると、

「番頭が驚くくらいそっくりなら、いっそのこと、妹をぶっ殺して、代わりに、おまえが女将になるか」

「バカをお言いでないよ。いくら似てるからって、そんな……」

「いや。案外といい手かもしれねえなあ」

「そんなことしたって、番頭や手代らには分かるだろうよ」

「番頭なんざ金でどうにでもならあな」

「どうだかね。真面目を絵に描いたような人だったよ」

「だったら、そいつも殺すまでだ。なあ、お梅……おまえは、その妹のために散々、苦労してきたんじゃねえか。そろそろ、楽をしたっていいと思うがな」

「よ、よしとくれよ……そんな……あたしゃ、妹になんざ、かかずらいたくないよ」

嫌がるお梅を、神蔵は抱きしめて、

「おまえが案ずることじゃねえ。ふはは、こりゃいい。もう、逃げ廻らなくても済むかもしれねえし、黒瀬たちとの腐れ縁も、きっちり切れる」

と言って不気味に笑った。

そのとき――

「誰かいるのかい？」

サッといきなり襖が開いて、遣り手婆が覗き込むと、お梅は誰もいないと首を振って、

「近頃、独り言が多くなってさあ。年季が明けるまで、体が持つかねえ」

と誤魔化した。

衝立の裏に、神蔵は隠れたはずだ。が、遣り手婆が階下に戻ったときには、すでに神蔵の姿は消えていた。

「――おまえさん……おまえさん……？」

お梅の胸の中に、熱くて苦い渦が広がっていった。

七

同じ日——。

南町奉行所の大岡越前が、与力や同心を従えて、大門に現れたのは、夜見世の始まる暮れ六つであった。本来なら、南北ふたりの奉行が連れだって来るのだが、今日は大岡の不意打ちのようなものだった。

日本堤《にほんづつみ》から、曲がりくねった衣紋《えもん》坂、五十間《ごじっけん》道《みち》を過ぎると、大門越しに華やいだ仲之町が眺められる。二万七百坪という、江戸城の大奥より広い曲輪《くるわ》作りの吉原には、女郎も含めて何千人もの人間が暮らしている。

番所の隠密廻り同心に出迎えられて、大岡を先頭に数人の与力、同心、さらに槍持ちや中間や小者たちが続く。その中には、三四郎や富永の姿もあった。

郭内の引手茶屋や遊女屋などは奉行に対して挨拶に出向くのではなく、いつものとおりの営業をしていなければならない。普段の情景を見たいのであるから、妓楼主らが奉行に付け届けをするなどは御法度である。

丁度、見世《みせ》清掻《すががき》きの刻限で、店先に出た遊女が三味線を弾いて、風情よく客招きをしている音が聞こえる。それが、夕闇に浮かぶ引手茶屋の提灯のあかりに重なって、なんとも心地よいのだ。

さっそく、花魁道中の艶やかな行列も現れて、一挙に通りが賑やかに華やいだ。

「どうだ、三四郎。これが吉原だ。よく見ておけ」

大岡のすぐ後ろにいた三四郎は、さほど珍しいという顔ではなく、淡々と遊郭街の様子を見て歩いた。

「見事であろう。儂にはこの吉原が悪所とは思えぬがな」

「この美しさの裏には、悲しい女の暮らしがあるのです。お奉行はそれを見たことがございますか」

「無粋だぞ。つまらぬことを言うな」

「子供の頃、私は、何度か親父に連れて来られました」

「なに、先代に？」

「親父は華やかな吉原なんぞどうでもよく、醜い所、汚い所にこそ目を向けた」

「……」

「聞こえてきませんか。ここに暮らす者たちの悲鳴みたいなものが。私にはあの見世清掻きですら、悲しく聞こえます」

「それは、おまえの驕りというものだ。女郎を見下した言い草だ」

「そうでしょうか。女郎が町場の女と同じような幸せを願って、何が悪いのでしょう」

「かような所まで来て、野暮はよせ」

「野暮天にしか見えぬものもありますよ」

花魁道中には目もくれず、きらきらと煌めく仲之町から、ふいに道を曲がった三四郎に、大岡は声をかけた。

「おい、三四郎、何処へゆく。これは奉行の巡検なるぞ」

振り返りもせずに行く三四郎を見て、

「ここは私が……」

と、富永が大岡に一礼をして追いかけた。

三四郎がサッサと歩いてきたのは、羅生門河岸であった。〝おはぐろどぶ〟の異臭も少し漂っており、仲之町とは打って変わって、幽霊でも出そうな薄暗い通りである。

表通りとは違って、どの店の前にも遊女や遣り手婆が出ていて、冷やかしで通る旦那衆の腕を取って引き込もうとしている。

「あら、いい男。ねえ、旦那ア。うちに寄ってってって下さいなあ」

「こっちの水の方が甘うありんすえ」

などと、ふざけながら手を握ってくる遊女たちを、牛太郎たちが飛び出てきて慌てて追っ払いながら、

「おい、こらこら。このお方は町年寄の樽屋のご主人様だ。おまえたちの相手ではない。ほらほら、向こうへ行け」

と声を荒らげた。が、三四郎は乱暴はよせと言いながら、『梅乃屋』に入った。

左内が待っていて、店に招き入れると、弥兵衛が恐縮して手をつき、

「妓楼主の弥兵衛でございます。恐れながら、ここは町年寄様の来るような……」

「遊びに来たのではない」

「あ、はい……ですが、うちはまっとうに営んでおります。何か粗相でも」

「大ありだ」

「そんな、ばかな……」

恐縮して身を引く弥兵衛を、三四郎はわざと睨みつけて、

「お梅を出して貰いましょう」

「――お、お梅ですか」

「さっさと連れて来なさい」

「はい。只今、只今」

すぐさま二階の部屋から、お梅を連れてきた弥兵衛はおどおどした様子で控えた。だが、お梅の方は肝が据わっているのか、

「吉原《なか》に入れば武家も町人もないはず。なのに町年寄だからって、大層に何でございますかねえ」

「おまえを身請けにきた」

あまりにアッサリと言ってのけるので、お梅も弥兵衛も驚いた。

「なんですって？」

「俺が落籍すわけではない。昨夜も来た、『播州屋』から頼まれてきた。だが、かような安女郎に、すでに五十両ばかり、番頭の喜助が払っているはずだから、それでよかろう」

「え、そうなのですか……？」

意外な顔になったのは弥兵衛の方だった。お梅は知らぬ顔をしたが、三四郎はすべてを見抜いているように淡々と続けた。

「どうだ、お梅……妹の気持ちを分かってやってくれないか」

ますます弥兵衛は何の話だと、お梅を見やったが、三四郎はさらに迫った。

「でないと、妹の幸せもズタズタにされてしまうかもしれないんじゃないのか？」

「⁉……」

三四郎をじっと見つめたお梅の体が、少しずつ震えてきた。やがて、すべてがバレたと思ったのか、ぶるぶると震えが止まらなくなった。

「どうする、お梅。妹はおまえともう一度、会いたい。それだけを願っているのだぞ。心から詫びているのだ」

「……」

「母親はおまえたちが産まれた時、梅と桜、双子のことを春のような福がふたつ来たと喜んでいたそうだ。殊におまえは、生まれながらにして陽気で、福々しかったと言っていたそうだ。だが、あんなことがあって、断腸の思いで桜を選ばざるを得なかった」

「……」

「お陰で親子は生き長らえた。桜も一度は幸せになったが、亭主を亡くした……

おまえも散々、苦労をしただろうが、桜もまた苦労が絶えなかったのだ……もう一度、妹のために、一肌脱いでみないか、お梅」

「ええ……？」

神妙な顔になるお梅を見て、三四郎は心が傾いていると分かった。だが、弥兵衛は腰を浮かすと、

「いきなり何の話ですか。お梅は年季がまだ残っているし、五十両なんて私は知りません。いくら町年寄でも、ここは吉原ですぞッ。〝江戸〟ではない。言いがかりをつけるなら、庄司甚右衛門様を通して貰いましょうか」

遊郭を仕切る庄司の名を出したが、三四郎は平然と、

「通そうと通すまいと同じことだ。お梅は貰い受けていくよ」

「そうはいかねえやッ」

穏やかな顔をしていても、やはり妓楼主も一皮剝けば〝忘八〟である。ならず者の地金を出して、すっと袖をめくり上げて、彫り物を見せると、

「言いがかりをつけなさるなら、樽屋の若旦那といえども、吉原者は黙っちゃいやせんぜ。その覚悟はあるんでしょうねえ」

「あるよ」

「てめえ、なめてンのかッ。先生、やっちまって下せえ」

弥兵衛が煽った途端、左内は素早く刀を抜き払った。そして、切っ先を弥兵衛に向けて睨みつけ、数両の小判を床に叩きつけた。

「な、何しやがる……⁉」

「日当をさっ引いて返したンだよ。悪いが、俺はこの樽屋の旦那に分《ぶ》があると見た。恨むなよ。近頃は武士とて日和見なのだ」

「裏切るのか」

「端《はな》から味方でもない」

左内がニヤリと笑うと、三四郎が語気を強めて付け足した。

「なんなら、あんたも一緒に来て貰っていいぜ。その代わり、〝七福神〟についても少々、聞かせて貰うしかないがな」

「⁉──」

「その顔……やはり、おまえも一枚、噛んでいたんだな。神蔵が隠れ蓑にするにしても、たかが遊女ひとりに匿《かくま》えるわけがない。しかも、金まで隠しているとなりゃ、おうッ、只じゃ済まねえぜ」

啖呵を切った三四郎に、弥兵衛はわなわなと全身の骨が外れたように崩れた。

町奉行の大岡が吉原を見廻っている日であるから、身の危険を察したのであろう。

——神蔵のことは目をつむるから、この場は引き下がれ。

三四郎に無言でそう言われたと感じた弥兵衛は、渋々ながら、

「承知しました。ですが、町年寄様、私は何も知りません。はい。〝七福神〝だのなんだのということは、まったく」

「ま、それは奉行所の仕事だ。では、遠慮なく、お梅を貰い受けるが、証文も渡して貰おうかな、妓楼主さんよ」

涼しい顔で言う三四郎を、弥兵衛は苦々しい思いで見ながらも、命じられるままにするしかなかった。

八

深川閻魔堂に潜んでいた黒瀬と福助は、物音を聞いてぎくりと目が覚めた。

昼か夜か分からない薄暗い本堂内だから、いきなり扉が開かれたとき、眩《まぶ》しい光が飛び込んできて、手をかざしたところへ、

「御用だ、御用だ！」

と富永を先頭に、大熊と捕方たちが数人、ドッと乗り込んできた。

ふいをつかれたが、黒瀬は体から放さぬ刀を抜き払って、捕方に斬りつけた。

その切っ先の餌食になった捕方もいたが、わずかな切り傷で済んだようだった。

刀を握り直して構える黒瀬には、富永が対峙して、匕首《あいくち》を抜き払った福助の前には大熊が立ちはだかり四股を踏んだ。

「残念だったな、黒瀬又七郎。今朝方、元〝七福神〟一味と名乗る者から、奉行所に投げ文があってな。おまえたちふたりが、ここに潜んでいると分かったのだ」

「裏切りやがったか、神蔵め……」

歯ぎしりをする黒瀬に、富永も抜刀して青眼に構えながら、

「それが悪党どもの末路だ。観念するのだな。大人しく縛《ばく》につかねば、斬り捨て御免と奉行からも許されておる。町方同心なら誰でも竹光を差してると思うなよ」

「ほざけッ」

斬りかかってくる黒瀬の剣捌《さば》きは鋭かったが、すっと一歩身を引いた富永の体をかすめて、柱に刃が突き立った。

「ウッ──」

抜けずに動きが止まった次の瞬間、富永の峯に返した剣が黒瀬の首を打った。ほとんど同時に、大熊の張り手が伸びて、福助をぶっ飛ばしていた。


その日の夕暮れ──。

不忍池の出合茶屋の一室に、紅を引いて着飾った桜が人待ち顔で座っていた。『美舟《みふね》』というこの店は、身分のある武家や金持ちの商人がお忍びで来ることで知られている出合茶屋である。すべてが離れのようになっていて、通路でも客が顔を合わせることがない。

曇天で雪模様だったから、すぐに辺りは真っ暗になり、庭にある鹿威《ししおど》しの音だけが、清らかに響いていた。

小さな箱行灯は蛍のような淡い光を放っていた。また粉雪が降りはじめて、寒さが増してきたが、障子窓を開けたまま、桜は狭い庭を見ていた。その向こうには不忍池や弁天島が見えて、いい塩梅《あんばい》の借景になっているはずだが、宵闇の中ではははっきりと眺めることができなかった。

「待たせたかな……女将」

振り返った桜の顔が行灯のあかりに浮かんだ。その憂いのある表情を見ながら、

「なるほど……たしかに、瓜二つだ。番頭が驚いたってのも、無理はねえ」

薄暗い部屋に入ってきて、少し間を置きつつ障子窓を閉めたのは、神蔵だった。ちょっとした商家の旦那風に、羽織に着替えている。

「――あなたは……」

桜が横目でちらりと見上げると、神蔵は低い声で言った。

「お梅の使いで来たんだがな。まさか、本当に来てくれるとは思わなかった。よほど、お梅のことが気がかりなんだな」

「……」

「番頭から聞いただろうが、お梅は吉原の安い女郎宿で暮らしてる。それなりに稼ぎがあって、幸せそうだから、あんたが後ろめたく思うこたアねえよ」

神蔵は懐に手を入れて匕首を摑んで、ゆっくりと桜の背後に廻った。

「いや、それどころか……恐ろしい女だぜ、お梅って女はよ」

「恐ろしい……？」

「ああ。おまえを殺して、『播州屋』の女将に成りすまして、身代をごっそり戴こうなんてぬかしやがってな……俺もそりゃいい考えだと思ったンだが、ちょい

とばかり勿体《もったい》なくなってきた」

桜が振り向くと、行灯の薄あかりに照らされて、紅は一際、鮮やかに色めいた。

「そっくりだが、安女郎と違って、やっぱり大店の女将には違った色気があらあ……亭主が死んだってが、どうだい、俺を新しい亭主にするってのは」

「……」

「これでも昔は少々、小間物なんかの商いもやってたんだぜ」

「亭主になって、私を殺して、お梅を女房にするつもりですか」

「そんなことはしねえよ。あいつは一生、吉原《なか》で暮らすしかあるまい。歳を取れば遣り手婆になれる。それはそれで、食いっぱぐれがなくて、人並みな幸せを味わえるんだ。吉原暮らしも悪くはねえんだぜ」

「そうですか……」

神蔵の目が助平で貪欲のかたまりになって、

「おまえさんも、つまらねえ姉のことなんか忘れて、俺と新しい暮らしをしねえか。返事しだいで、俺はどっちにでも転がるぜ」

「お断りです」

「──なんだと？」

「私の夫はひとりでございます」

「どうしてもかい……」

「はい……」

「なら、仕方がねえな。恨みはねえが、ここで出会ったが百年目と諦めな」

背中から覆い被さり匕首で刺そうとしたとき、その神蔵の腕を摑んで、桜は自ら喉を突こうとした。思わぬ行いに、一瞬、力を込めて止めた神蔵は、間近に迫った桜の頰に、えくぼが浮かんだのを見た。

「あっ……て、てめえは……お梅⁉」

お梅は匕首を握る神蔵の腕を摑んだままで、

「さあ、殺しとくれ。あんたは仲間を裏切り、私をも裏切ろうとした。こんな男を間夫と信じていた自分が情けない。さあ殺せえ！」

と叫んだとき、襖を蹴破って、押し入れの中から、与茂助が飛び出してきた。

「うわあッ」

驚いた神蔵は腰から崩れたが、次の瞬間、与茂助の太い拳骨が飛んできて、頰骨に食い込んだ。ガツンと鈍い音がして、神蔵はその場にぶっ倒れた。

「ひいっ。やめろ……だ、誰だ、てめえ」

必死に抗おうとしたが、廊下から左内も入ってきて、すでに抜いている刀の切っ先を突きつけた。

「黒瀬と福助が、お白洲で、おまえを待っているぜ」

と匕首を叩き落とした。

神蔵はわなわなと震えながら、お梅を睨みつけて、

「裏切ったのは、てめえじゃねえかッ。やろう、俺をこんな目に遭わせて、只で済むと思うなよッ。八つ裂きにしてやる、てめえ！」

と暴れようとしたが、与茂助に羽交い締めにされた。

「八つ裂きにされるのは、おまえの方だな」


その日のうちに、神蔵は南町奉行所で裁かれ、小伝馬町送りとなった。

南町奉行所の桔梗之間で、三四郎と会った大岡は、慰労の言葉をかけたが、

「お上のためにやったことではありませぬ」

「素直でないのう……たかが女郎ひとりの身を救い上げたくらいで、人助けをしたと思うなよ、三四郎。吉原はビクともせぬ。これからも、ずっとな」

「大岡様こそ、一体何様でございますか」

三四郎は毅然とした目で、鋭く睨みつけた。

「なんだと……」

「とどのつまりは、〝百眼〟を使って、神蔵らを捕らえたのではありませぬか。はっきり言っておきましょう。今後二度と、〝百眼〟差配としての私とは関わり下さるな」

「……」

「町年寄としてのみ、おつきあい願いましょう……それでも私が厄介者とおっしゃるならば、いつでも、樽屋の名にかけて、町奉行の首をすげ替えさせていただきたいと存じまする」

若造にいいように言われて、さすがに大岡も不快を露わにしたが、

「よかろう……だが、町年寄は、町奉行の下《もと》で町政を預かること忘れるな」

「いえ。私たち町年寄は、町人の代表として、町奉行所と折り合うのが、一番の役目でございますれば、あなたの家臣や幕臣だと勘違いしないで戴きとうございます」

「言うな、おぬし……」

大岡は苦々しく笑みを浮かべて、

「して、双子の姉妹は如何相成った。町奉行としては、盗賊の情婦を見逃すわけには参らぬが」

「此度は、お梅自らが、神蔵の企みに先んじて、桜の身代わりを買って出たのです」

「……」

「その一芝居があったからこそ、神蔵を捕らえることができた。大手柄ではございませぬか。それとも、どうしても死罪にしたいのですかな？」

「そう、まっすぐな目で見るな……痛くなるわい……温情はほどこしても、江戸所払いは免れまい。後のことは知らぬ」

それだけ言うと、大岡は立ち上がって、部屋から出ていった。

数日後――。

四谷の大木戸まで、三四郎と桜は、お梅を見送りにいった。こうして並んでいると、まだまだふたりは女盛りの美しい双子だ。

「お梅……江戸所払いってのはな、内藤新宿、板橋、品川、千住の四宿《ししゅく》には住んでもよいのだぞ。それに、手っ甲脚絆の旅姿であれば、江戸に入って泊まることは許されている」

「――はい」

「時々、『播州屋』を訪ねてやればいい」

「ありがとうございます。でも、まずは甲州に帰って、きちんとお父っつぁんとおっ母さんの供養をして参りたいと思います」

「うむ。それもよかろう。だが、姉妹仲良く、いつまでも幸せにな」

深々と礼をして、桜と何度も手を握りあって別れた。お梅の行く手は、まだ雪解けが半分くらいだが、ほっこりとした陽光が燦々《さんさん》と射していた。

この一件の後、〝寛政の改革〟の一環として、遊女たちが金銭で苦しめられる紋日は年に十八日と改められた。だが、まだまだ身を売られて悲しむ女がいることを、三四郎は決して忘れることはなかった。

第四話　人捕る亀

一

〝なぶり屋の亀蔵《かめぞう》〟が江戸に潜伏しているという噂が、町奉行所に広がっていた頃、とっかえべえの捨吉は、それらしき怪しい男を尾《つ》けていた。なぶり屋とは、わざと人に因縁をつけて、いたぶり廻した挙げ句、物品を掠《かす》め取る手荒な掏摸《すり》のことである。

それが亀蔵の場合は、弱い町人相手ではなく、旗本や大名の家臣、やくざ者にでも喧嘩を吹っかける恐《こわ》い者知らずで、一度、因縁をつけたら、それこそスッポン亀のように食らいついて離れなかった。厄介事が長引くと、世間体も悪く、心も参ってくる。それゆえ、武士でも関わるのを恐れていたほどである。

その怪しい男は、下谷広小路の上野元黒門町から、池之端仲町に向かう路地に入ってから、その辺りを何度も行き来してうろつき、それからまた表通りに出て来た。訪ねる先を探しているようだったが、捨吉には盗みの下見をしているようにも感じられた。

亀蔵は、一度見たら忘れられないほど凶悪で恐い顔をしていて、その目に睨まれたら一歩も動けないほどだと噂されている。もっとも、奉行所の者も見たことがないから、人相書を高札場に出すこともできないでいた。しかも、坊主や医者、侍や商人にも化ける変装上手ということだ。

茶店の店先で、亀蔵らしき男が縁台に腰を下ろすと、何気なく振り返って、捨吉の方を見た。目と目が合って、

——ギクリ。

凍りついた捨吉に、亀蔵は手招きをしている。

後ろを振り返ったが、誰もいない。自分のことかと、捨吉は人差し指で鼻を指した。亀蔵は頷きながら、手招きを続けている。

逃げだしたかったが、近くに亀蔵の手下が隠れているとも限らない。下手をすれば何をされるか分からない。捨吉は覚悟を決めて、ゆっくりと亀蔵に近づいた。

その間に、同じ縁台に座っていた娘たちはさりげなく小銭を置いて立ち去った

し、店内にいた行商たちも、そそくさと出て行った。明らかに恐くて遠ざかっている様子だった。

「まさか……俺みたいな子供からは何も取るまい」

そう喉の奥で呟きながら近づくと、亀蔵はニタリと笑った。その笑みは冷たく、捨吉の背中がぶるっと震えた。以前、人殺しをした男が、その直後にニタリと笑ったのを見たことがあるが、そんな顔だった。

近づくと、そのがっちりした体つきがまた、人を威圧するように感じた。

「偉いな、小僧。さっきも見かけたが、この辺りで、とっかえべえをやってるのか」

野太く低い声で、その響きがいつまでも耳に残るような声だった。だが、恐いという顔をしてはいけないと捨吉は思い、必死に笑おうとしたが、却って引き攣《つ》った。

——気づいていたのか……まずい……。

捨吉はそう思ったが、懸命に答えるしかなかった。

「そ、そうだよ。おいら、とっかえべえだ」

「それにしちゃ、声を出してなかったじゃねえか。もっと大きな声で、『とっかえべえ、とっかえべえ！　いらない鍋薬罐《やかん》、ないかえ、とっかえべえ！』てな調子で、腹の底から出さねえとな」

本当に大きな声を亀蔵は張り上げたので、通りをゆく人たちは、茶店の前を遠廻りして、急ぎ足で通り過ぎた。

「分かったか、小僧」

「は、はい……そうします」

「まだ年端《としは》もいかねえのに、大変だな。お父っつぁんやおっ母さんは何をしてるんだ」

「おいら、捨て子だったんだ。だから……」

「二親を知らねえのかい。可哀想になあ」

亀蔵は頭を撫でようとしたが、ビクッとなって捨吉は身を引いた。

「どうした。日頃、誰かに殴られたりしてるのか」

「いいえ。そんなことはありません」

「親がいねえなら、どうだ。おっちゃんの子にならねえか」

「あ、いや、結構です。紀州屋という米問屋の隠居に世話になっているので」

「ほう、そうかい……米問屋ねえ」

わずかに目がぎらっとなって、店の娘が差し出した茶をすすった亀蔵は、思わず苦いと吐き出した。

「ねえさん。ちょいと渋いので、団子を四つ五つくれねえか」

声をかけると、主人が出てきて、丁寧に謝って、

「茶を淹《い》れ直しますので、どうかご勘弁を、本当に申し訳ございません」

「悪いな。俺は甘いのが好きでな」

あんこがたっぷり塗られた団子が出てくると、亀蔵は「ほら」と捨吉に差し出した。だが、捨吉はじっと立ったままである。紀州屋の名を出したのはマズかったかと、捨吉は思い煩っていた。

「いいから、食え。ガキが遠慮するもんじゃねえ」

「は、はい……では、戴きます」

「礼儀正しい奴だな。親はなくとも子は育つってえが、おまえはいい養い親に恵まれたようだな……紀州屋か、そうかい」

「……」

「まったくの孤児なら、とっかえべえのその飴玉、ぜんぶ買ってやろうと思ったんだが、金持ちの世話になってるなら、余計なお世話だな。なに、俺もおまえく

らいのときには、ぐうたらな親父に殴られて、色々と働かされてたからよ」

「そ、そうなんですか……」

「まあ、せいぜい頑張って、育ての親を喜ばしてやんな。ほら、もう一個、食え」

団子を亀蔵が差し出したとき、少し離れた所で、

「こら、おっさん。何しやがるンでえ」

と荒々しい声がした。

見やると、小柄で気弱そうな商家の旦那風の男が、いかにもタチの悪そうな若い男ふたりに絡まれている。

「おいおい。人にぶつかって、墨をぶっかけといて、ご免なさいで済むと思ってンのか、おい。みろ、この裾をよッ」

商人の持っていた矢立の墨が、ぶつかった弾みで相手にかかったようだった。

亀蔵はその騒ぎにちらりと目を向けたが、何も見なかったように団子を頬張った。

捨吉が見ていると、ならず者風のふたり組の乱暴な声がどんどんと大きくなって、商人を突き飛ばした。

――あいつらは、この亀蔵の手下かもしれない。

そう思った捨吉は、わざと亀蔵に向かって、

「おっちゃん。あの人、可哀想だよ。助けてあげてよ」

と言った。だが、亀蔵は目を逸らして、

「厄介事に関わるのは御免でね」

「そんな……でないと、あの人、殺されちゃうよ」

思わず捨吉は、ふたり組の男の方へ向かって駆けだした。

「やめなよ。岡っ引を呼ぶよ」

勇気を振り絞って捨吉が声をかけると、

「なんだ、てめえは。ガキはすっ込んでろ」

と若い男のひとりが突き飛ばした。捨吉が振り返ると、ゆっくりと亀蔵が向かって来ている。その物凄い形相に、ならず者風のふたりは、思わず身構えた。

「子供になにしやがる」

「あ、いや、旦那のお子さんでしたか」

「誰の子だろうと関わりねえ」

「こ、こりゃ申し訳ありやせんでした。へえ、あの……あっしらは急ぎやすんで、

これで失礼致しやす」

腰を屈《かが》めて謝ると、ふたりとも何処かへ走って逃げ出した。

亀蔵は倒れたままの小柄な商人を立たせてやると、

「とんだ奴らがいたもんですねえ。気をつけていないと、なんだかんだと言いがかりをつけられやす。江戸ってなあ、随分と恐い所ですなあ」

「いやいや、こちらこそ、ありがとうございました。助かりました」

と商人は恐縮したように財布から一両小判を取り出すと、

「お礼と言ってはなんですが、これでお子さんに何か温かいものでも……」

「バカを言っちゃ困る。そんなものは受け取れやせんよ」

軽く断って、亀蔵は元の茶店の床几に戻って、何事もなかったように茶を飲んだ。捨吉もついて戻ると、

「やっぱり、おっちゃんは只者じゃなかったんだね」

「ええ？」

「だって、あの酷い奴ら、おっちゃんを見て慌てて逃げやがった。もしかして、何処かの大親分かい」

「そんなんじゃねえよ。ただの船頭だよ。猪牙舟《ちょきぶね》のな。川越と江戸を何度も行っ

たり来たりでな。ほら、だから、こんなに顔も日に焼けてて……ああ、さっきの奴らも、この面《つら》を見て逃げたンだろう。よく恐い兄さんと間違われるもんでな」

「へえ……」

「今日は暇を貰って江戸見物よ」

「ふうん。だったら、おいら、案内してやろうか。仕事であちこち廻ってるから、江戸のことなら詳しいぜ」

「ほう、小僧が俺みたいな奴と遊んでくれるってのかい」

「ああ。もし、女がよかったら、こっちの方も、綺麗どころを教えてやるぜ」

小指を立てる捨吉の頭を、亀蔵は撫でながら、

「ませたガキだな、はは」

と言った。今度は捨吉は避《よ》けなかったが、亀蔵の笑い顔には、やはり不気味なものがあって慣れることはなかった。

広小路の向こうを先程の小柄な商人が、頭を下げながら通り過ぎた。捨吉は何気なく見ていたが、

——親子と思われたんだろうな……だったら、人目にはそう見えるように、このままこいつに張りついてみるか。何処かで必ず尻尾《しっぽ》を出すに違いねえ。

と頭の片隅で思った。

「本当だぜ。深川の岡場所だって、廻ってるんだ、おいら」

「そりゃ、楽しみだな」

「じゃ、今日から、おいらのお父っつぁん代わりだ。いいよね、〃かめぞう〃さん」

捨吉は立てたままの小指で、指切りをねだった。亀蔵は思わず受けたが、おやっという顔になって、

「小僧、どうして俺の名を……？」

「あ、いや、なんだか、そんな感じがしたからさ。ええと、おいら、捨吉。捨て子だったから、捨吉」

屈託なく笑ったつもりだが、捨吉の顔は少し引き攣っていた。

「そうかい。宜しくな」

指切りげんまんをしたとき、奥から出てきた店の主人が、茶代と団子代は只でいいと恐縮したように言った。明らかに怯《おび》えた様子だが、

「そうはいかねえやな。茶は渋かったが、まんじゅうは美味かったぜ」

と亀蔵は銭を置いて立ち上がった。

そんな様子を——。
近くの店や往来の中から、浪人の伊集院左内や廻り髪結いの与茂助、そして産婆の千鶴羽たちが見守っていた。

二

両国橋西詰にある『鯉徳』という鯉料理屋で、鯉のあらいや鯉こくを肴《あて》にして一杯やっていた三四郎のところに、千鶴羽がぶらりと入ってきた。化粧っけもなく、着物も地味だが、素材《もと》がいいから、小粋な芸者の普段の姿に見える。

「あらら、さすがは樽屋のご当主。おいしいものには目がないですねえ」

「まあ、座りな。捨吉が〝なぶり屋の亀蔵〟に張りついてンだって？」

「ええ。あのバカ、勝手なことしちゃってさ、危なっかしくてしょうがないよ」

と千鶴羽は鯉のあらいを酢味噌につけてパクリと食べた。そして、酒を手酌で一杯飲んでから、

「このところ、お産婆の仕事も暇でさ。でも、来年の夏か秋には、忙しくなるかも」

「ん？」

「だって、日が短くて寒いときには、あれするしかないじゃないのさ」

「なるほど、道理だ」

にこりと笑った三四郎に、千鶴羽はまるで恋女房のように寄り添って、

「たまには私の相手もして下さいな、若旦那ア」

「好きなだけ飲んで食べればいい」

「そうじゃなくってさあ……もう、意地悪なんだから。酒と将棋はさしつさされつ。そんでもって、あっちも……」

「そういや、おまえ、こっちの腕も大したものらしいな」

三四郎は将棋の駒を指す仕草をして、

「で、次の一手はどうする」

「もう……」

千鶴羽は短い溜息をついて、

「なんだか知らないけれど、亀蔵は捨吉のことを気に入ったみたいで、それこそ本当の父子《おやこ》のようにじゃれあいながら、江戸見物と洒落込んでるよ」

浅草寺や隅田川の散策、日本橋から芝居街などをうろついて、ここ両国橋西詰

にある見せ物小屋に入っているところだという。

「凶悪な奴だと聞いてる。ちゃんと左内の旦那たちは見張っているんだろうな」

「それはもう……けど、本当に恐い顔してますよ。あんなのに因縁つけられたら、若旦那でもびびってしまうかもね」

「ほう。一度、拝んでみたいものだな」

「とっ捕まえたら、いくらでも眺められるでしょうよ。でも、町方も何の証《あかし》もないのに、あいつを捕らえて拷問にかけるわけにはいかないですからねえ」

「うむ。第一、そいつが亀蔵だと断ずることはできまい」

「はあ？　どういうことです」

「もし人違いならば、冤罪《えんざい》にだってなりかねないからな。慎重の上にも慎重を期してくれよ。俺たちは与力や同心じゃないんだ。悪い奴らを見つけても、悪さをしないように見張る。それが……」

「分かってますよ、若旦那。子供じゃないんだから、同じ事を何度も言わないで下さいな。ほんと、色気がないんだから」

「ん？　何か言ったか」

「いいえ。旦那はどんなお方と一緒になるのかと思ってね」

と酌を返しながら寄り添ったとき、

「それは、私ですよ」

廊下から入ってきたのは、同じく町年寄奈良屋の娘、佳乃であった。艶やかに着飾って、銀簪もしなやかに揺れている。

「三四郎さん。どうして、お産婆さんとふたりだけで、こんな所にいるのです」

「なに、おまえもそのうち世話になるだろうと思ってな」

「悪い冗談はおよしになって下さい」

「それよりも、どうして、ここが分かったのだ」

「私はよく鼻が利くんです。三四郎さんが悪さをしそうなときには特にね」

「俺が悪さを？」

「はい。いつぞやは吉原に遊びに行って、散々、おもてになったとか」

つんとした顔で言う佳乃に、三四郎は大笑いをして、

「また誰かがつまらぬことを吹聴したな。そんな出鱈目な話を信じる方がどうかしている。俺は何もしちゃいないよ」

「さあ、どうですかねえ……」

疑《うたぐ》りのまなざしを向けながら、佳乃は一葉の文を取り出して、

「では、これは何でございましょう」

と見せた。それには、匂い袋が入っていて、奥ゆかしい女文字で、

「三四郎様の御命、戴きとうございます。夕霧」

そう書かれてあった。

「これは、若旦那と言い交わした証でしょう」

三四郎は手にとって見たが、

「さあ。誰か分からないな」

「惚《とぼ》けないで下さいな。樽屋を訪ねたとき、番頭の吉兵衛さんに見せられたのです。あんなに吉原をどうにかしたいと言っていた三四郎さんが、遊女に入れあげるなんて思っても見ませんでした。これでは、木菟《ずく》引きが木菟に引かれるじゃありませんか」

憤懣やるかたないといった言い草で、佳乃は感情を露わにしたが、本当に三四郎には思い当たる節がない。そもそも夕霧などという太夫は知らないし、会ったこともない。

「では、なんですか、これはッ」

まるで浮気を見つけた女房のように、文を突きつけたが、返事をしたのは千鶴

羽の方だった。

「ちょいと、佳乃さん。そんなことくらいで目くじらを立ててちゃ、若旦那のお嫁になんてなれませんよ」

「あなたにそんなこと言われたくありません。なんですか、私の許嫁《いいなずけ》をこんな所に連れ込んで、一緒にお酒なんか」

「言っときますけどね、呼ばれたのは私の方です」

「ええ？　聞き捨てなりません」

佳乃は三四郎に向き直ったが、まさか〝百眼〟の用事とは言えぬ。口ごもっていると、また千鶴羽が割って入った。

「鯉とは、そもそも恋の意味がありますからねえ。男と女が一緒に食べるってのは、それなりに深い仲ってことですよ。鯛が海の長《おさ》ならば、鯉は川の長。端唄にもあるじゃないの。鯉のようにゆらゆらと、海に流れて抱かれ鯛。登り詰めて川の上ってね」

調子をつけて歌ってみせると、

「知りません、そんな歌。あなたは黙ってて下さい」

「その文は遊女じゃなくて、本当に若旦那の命を取るつもりかもしれないよ」

千鶴羽が真顔になって言うと、佳乃はエッと驚いた。

「実は樽屋に、ここ何日かの間に、同じような文が他にも届いているんだよ。まるで遊女が、間夫《まぶ》に命を賭けるようなことを書いてるけれど、そうじゃなくて、誰かが若旦那の命を狙っているのかもしれない。その文は、いわば〝脅し文〟だよ」

「脅し文……どうして三四郎さんが……」

「それを調べてるんじゃないのさ。あんた、本当に女房になろうってンなら、もう少し色々と考えなさいな。若旦那の身になってさ。だから、世間知らずのお嬢様って言われるンだよ」

「なんですか、知ったふうなことをッ」

まるで男ひとりを、ふたりの女が奪い合っているような様態に、三四郎は他人《ひと》事《ごと》のように笑って、

「まあまあ。ここで言い争っても仕方がなかろう。いずれ佳乃にも話すつもりだったが、親父さんの耳に入ったら、何かと面倒なのでな、こっちで解決をしたいのだ」

「奈良屋にも関わりがあるのですか」

「町年寄を脅している節がある。相手が誰かはまったく分からない。だが、町政に不満を抱いている者たちの仕業であることは間違いないだろうな」

「不満だなんて……三四郎さんは、これまでだって、それこそ身を粉にして、自ら泥まみれになって、貧しい人や病にかかってる人など、大勢の人たちを助けてきたじゃないですか。誰がそんな……私、許せません」

三四郎はまた苦笑して、

「出たな、佳乃の許せませんが。しかし、おまえはおとなしくしておれ。でないと、奈良屋の娘だということだけで、狙われるかもしれない」

「平気です。三四郎さんと一緒なら」

「とにかく、この夕霧とやらが何をしようとしているか、それがはっきりするまで、佳乃は余計なことはせず、家で花嫁修業をしていてくれ。でないと心配だ」

「本当に心配してくれるのですか」

頬を赤らめる佳乃を、千鶴羽は呆れ顔で見ていたが、

「では、若旦那。私は戻りますので、後はおふたりでしっぽりとどうぞ」

と床を踏み鳴らしながら出て行った。

「あらら、妬《や》いちゃったかしら。いい年してなにさ」

佳乃は舌をべえっと出した。

三

見せ物小屋や矢場などで、笑い声をあげながら楽しんでいる捨吉と亀蔵は、端から見ると本当の父子のようだった。が、亀蔵の顔が恐いせいか、あまり声をかける者はいなかった。

「奴は何を考えているのかな」

蕎麦屋の格子窓越しに、ふたりを見ていた左内の側に来て、与茂助が座った。鴨汁の蕎麦を店の者に頼んでから、

「ずっと一緒に過ごしているが、亀蔵が手下と繋ぎを取った節はねえ。今度は、ただの〝なぶり屋〟仕事じゃなくて、もっと大きなことをしでかすつもりじゃないかって、奉行所の連中も言ってたが、その前に何としても止めねえとな」

「うむ。ひとりでも誰かが犠牲になりそうになったら、とっ捕まえることができるのだがな」

「いっそのこと、俺が仕掛けてみようか」

「それは駄目だ。囮《おとり》で捕らえたってことが分かったら、裁けるものも裁けなくなってしまう。捨吉が頑張ってるんだ。もう少し様子を見てみよう」

「だが、もし捨吉に何かあったら……」

「そうならぬよう、俺たちが張りついているのではないか」

と言った左内が刀を摑んで立ち上がった。格子窓の向こうの矢場で遊んでいるふたりの近くに、いかにも怪しげな遊び人風の男が立った。三十そこその背の高い優男だ。

「あいつは……」

「知ってる顔なのかい？」

「いや。だが、あの時……下谷広小路でひ弱そうな商人が、ならず者に脅されていたとき、少し離れた路地で、成り行きをじっと見ていた奴だ」

「そんな奴がいたのかい。ちっとも気づかなかった」

「俺も何気なく目に止まっていただけだ。またぞろ現れるとは、仲間かもしれぬ」

「だな……」

「おまえは蕎麦を食ってろ。何かあったら、俺が片づける」

と言いながら表に出て行った。

「あ、ちょっと……蕎麦代くらい置いてけよ、左内の旦那」

左内は素知らぬ顔で店を離れて、さりげなく矢場に近づいた。

すると、遊び人風の優男が、丁度、亀蔵に声をかけたところだった。

「お兄さん。お楽しみのところ、ちょいとよろしいですか」

「――俺、かい？」

弓に矢をかけようとしていた亀蔵が振り返った。

「先程から見てたんだが、大した腕だ」

「こんなのは遊びだよ」

「是非、会って貰いたい人がいるんだが、ちょいとおつきあい願えますか」

「それは構わないが、何処の誰に会えって言うんだ」

「お手数は取らせません。すぐそこなんです」

半ば強引に連れて行こうとすると、捨吉は亀蔵の側にひっついて、

「おいらも行く。今日は一日、一緒に遊ぶって約束したじゃないか。だろう？」

と手を握った。捨吉なりに、亀蔵を追尾したいと思ったまでだが、優男は穏やかな声で、

「坊はここで待っててておくれ。すぐに戻って来るから」

「でも……」

頑なに一緒に行くと言うと、亀蔵の方が捨吉を諭して、優男と一緒に矢場から出て行った。それを見ていた左内は、捨吉に目配せをしてから、さりげなくふたりの後を尾けた。

優男は見せ物小屋の裏手の狭い路地に誘い込むと、辺りを見廻して、積み重ねられている酒樽の陰に、亀蔵を連れ込むようにして、

「あんたには恨みはねえが、死んで貰うぜ」

匕首を懐から出して抜くと、いきなり突きかかろうとした。だが、亀蔵は微動だにせず、突っ立っているだけだった。

そのとき——。

「待ちな」

声をかけながら、左内が路地に踏み込んで来るや、素早く抜刀して、優男の匕首を叩き落とした。

「てめえッ。やっぱり……！」

優男は亀蔵に吐き捨てると、左内にも「覚えてろ」と一声浴びせてから、韋駄

天走りで逃げるのだった。

途端、亀蔵がへなへなと腰から崩れた。その様子をじっと見据えていた左内は、

「下手な芝居をしなくていいぜ」

「……た、助かった……本当に刺されるのかと思った」

「白々しい。おまえさんは、相手が匕首を抜いても、まったく動じてなかった。いや、むしろ威圧していた。だから、さっきの男もすぐには突けなかったようだ」

「いやいや……驚いたな、まったく」

そう言いながらも、亀蔵は頭を下げて、

「ご浪人さんは大した腕だ。金がありゃ、本当に用心棒に雇いたいくらいだ」

と言うのへ、左内はとっさに返した。

「金なんざいらねえ。本当に用心棒にしてくれるかい」

「まさか……冗談でしょう」

「何をしでかしたか知らないが、今の奴はまたぞろ狙ってくるに違いあるまい。悪いようにはせぬ。俺に任せないか」

渡りに舟とばかりに、左内は亀蔵の側にいて、悪事をその目で確かめたいと考

えたのであった。

「どうだい。金はいらぬ」

「……と言われても」

困ったような顔になったとき、通りから入ってきた捨吉が、

「なんだ、伊集院の旦那じゃないか」

と声をかけてきた。

「おっちゃん。その人なら、俺もよく知ってる人だぜ。越前堀河岸の近くの長屋に住んでる、冴えない傘張り浪人様だ。でも、やっとうの腕前は凄いから、役に立つと思うぜ」

「捨吉……そうか、おまえの知り合いなら、いいかもしれないな」

亀蔵はあっさりと承知したが、左内は油断ならぬという思いで見ていた。

「遊んでいるうちに、もうすぐ日暮れだ。おっちゃん、用を思い出したよ。また遊ぼうな。米問屋の紀州屋さんちに行けば、会えるんだろう？　後は、このご浪人さんに頼むから、気をつけて帰るんだぞ。今日は本当に楽しかった」

と捨吉の頭を撫でた。

「じゃあ、またね」

別れ際、捨吉は唇だけを動かして、左内に見せた。読唇術である。

「さっきの奴は、与茂助さんが尾けた」

異変を察知して、蕎麦も食わずに店から出ていったようだった。

捨吉が立ち去ると、亀蔵は表情を強ばらせて、

「てっきり、あんたの方が殺し屋かと思ったよ……だが、一安心だ」

「一安心？」

「またいつ、さっきの奴に狙われるかもしれねえからな。そしたら、捨吉の身も危ねえ。あんたに守って貰うことにするよ。だけど、本当に金はないぜ」

歩き出した亀蔵の後ろから、左内は懐手でゆっくりと歩いた。

「しかし、久しぶりに江戸の町中に来たが、物騒な輩が増えたなあ……関八州の村々も食うのに精一杯で、暮らしに余裕がねえ。農閑期には、出稼ぎに来るしかねえんだろうが、この江戸も景気は悪い。お陰で、こっちの商売も上がったりだ」

ぼやくように言う亀蔵をじっと見据えていた左内は、

「たかりたい相手も減ったってわけだ」

「え……？」

「いや、なんでもねえ」

すれ違った商家の内儀らしき女が財布を落とした。それをすぐに拾った亀蔵が、

「おかみさん、これ」

と声をかけると、ヒッと声を上げた内儀は手を振りながら、

「け、結構です。差し上げます」

よろよろと走って逃げ出した。その後ろ姿を見送りながら、

「——いつもこうだ……そんなに恐いかねえ、このツラが」

と呟いたとき、横合いからヒョイと財布を掠め取った老婆がいた。

「本当だねえ。人は見かけによらないのにねえ……これは私が届けといてやるよ。まったく礼儀知らずの女だ」

そう言うと白髪を束ねただけの老婆は、丈が短めの着物の裾をあげて、足早に内儀が逃げた方に向かった。

「あ……もしかして、今のは……」

——掏摸の〝よね婆《ばあ》〟ではないか。

と左内は思ったが、今は掏摸に説教しているどころではない。亀蔵から離れるわけにはいかなかった。

四

亀蔵は下谷広小路に戻ってきて、またいくつかの路地を折れて、『みみずく長屋』に入ってきた。

この長屋には昼間寝ていて、夕暮れに起きて夜仕事に出る者が多いから、『みみずく長屋』と呼ばれているが、働かずに昼間寝ている者や、中間部屋で行われる賭場の見張り番などが暮らしているようだった。

「ここに用があるのかい」

左内が訊くと、亀蔵は頷いて、

「昼間も訪ねたんだが、寝てたようだからよ。中から心張り棒がしっかりと支《か》われていたから。おかしいな、まだ寝てるのかな」

ドンドンと表戸を叩いて、亀蔵は声を上げた。

「おい、千代吉《ちよきち》。もう、いねえのか。俺だよ、いるなら開けてくれ」

乱暴に戸を揺すると隙間ができた。そこに指を突っ込んで、亀蔵は力まかせに引っ張ると、ガタッと戸が外れて、ごろんと心張り棒が土間に転がった。

「いい加減に起きやがれ。いつまで……」

と言いかけた亀蔵の顔が、物凄い形相になった。

異変を察した左内が踏み込むと、九尺二間の狭い部屋で、体をふたつに折るようにして屈んでいる男の姿が闇の中にあった。

その胸にはグサリと深く脇差が刺さっている。

——侍の仕業か……それにしても、差し料を残して逃げるとは、よほどの間抜けか、慌てていたか……。

左内が頭の中で思っていると、亀蔵は千代吉という四十絡みの男を抱き起こして、

「しっかりしろ、おいッ。誰にやられたんだ。おい、やっぱり奴らか」

激しく揺さぶったが、すでに事切れていて、両手はぶらりと垂れているだけだった。

「どういうことだ」

「知るけえ。こっちが聞きたいよ」

「おまえが殺《や》ったんじゃあるまいな」

「ば、バカを言うねえ！　こいつは俺の幼馴染みだ！」

「なに、幼馴染み……？」

すぐさま左内が男を触ってみると、まだ体に温もりはあるし、流れた血も固まっていない。殺されて間がないということだ。

――ってことは、こいつの仕業ではない。今日はずっと捨吉が一緒だったからだ。いや、待てよ。亀蔵が自分の手を汚すわけはない。手下がやったのかもしれぬ。さっきの遊び人風が関わっているのか。それとも仲間割れか……。

などと考えを巡らせた。だが、亀蔵の方は殺した相手に心当たりがあるようで、

「やっぱり、あいつらか……勘弁ならねえ……もう、辛抱できねえ……」

目を真っ赤にして立ち上がると、亀蔵は長屋から飛び出ていこうとした。

「待て、何処へ行くのだ」

立ちはだかる左内に、亀蔵は恐い顔をさらに凶悪にゆがめて、

「旦那にゃ、関わりのねえこった」

「用心棒に雇われたはずだが」

「遊びじゃねえんだ。これは俺たち船頭の生き死にに関わってるんだ。どいてくれ」

「船頭……何の話だ」

「いいから、どけい！　邪魔だ！」

乱暴に押しやった亀蔵はバカ力で、左内もよろけるほどだった。

表に飛び出た亀蔵は、すっかり夜の帳《とばり》の降りた道へ駆けだした。それを追いかけながら、左内は長屋の者に声をかけた。

「町方を呼べ！　人が殺されてる！」


ずんずんと足を早める亀蔵は勢いを増して、江戸の町を知り尽くしているかのようにいくつもの狭い路地を抜け、馬喰町《ばくろちよう》にある『住之江』という公事宿の暖簾を分けて飛び込んだ。

左内はその暖簾を見て、

──住之江か……どんな手を使っても、訴訟に勝つという、あの……。

と噂があることを、ちらっと思い出した。

「旦那ア！　信兵衛《しんべえ》さん！　偉えこった！　大変なこった！」

亀蔵は転がるように上がり框にしがみつくと、奥から、小太りの公事宿の主人が出てきて、びっくりした顔で、

「ああ、こりゃ、〝かねぞう〟さん。一体、どうしたと言うのだね」

青ざめている様子に、信兵衛と呼ばれた主人が手代に声をかけた。

「水を一杯持ってきておくれ」

すぐさま届けられた湯飲みの水を、亀蔵はぐいっと飲み干すと、

「どうもこうもねえ……案じてたことが起こりやがった……ち、千代吉が殺された」

「なんですと⁉」

「長屋で、グサリと心の臓を一突きでやられてた。お武家が使う脇差でだ。やったのは、きっとあいつに違いねえ。あの道中奉行の役人に違いねえンだ」

「もしかして……」

不安が込み上げる信兵衛に、亀蔵は怒りに目を細めて、

「明日は大事なお白洲……その大事な証人を、早手廻しに殺したに違いねえんだ……すまねえことをした……俺が奴に証人を頼んだばっかりに……すまねえ、千代吉……」

と泣き崩れた。その肩を慰めるように叩いている信兵衛に、左内は問いかけた。

「ご主人。さっき、この人のことを、〝かねぞう〟と言ったように聞こえたが、〝かめぞう〟じゃないのかね」

「いいえ。〝かね〟そうですよ、兼蔵さん。川越新河岸の猪牙舟の船頭で、江戸と川越を結ぶ荒川の早舟を操ってるんですよ」

「そうなのか？」

意外な顔を向けた左内に、亀蔵は幼馴染みが殺された悔し涙で頷いた。

「だが、捨吉はおまえのことを、亀蔵と……」

「初めはなんで俺の名を知っているのかと思ったが、途中で亀蔵って言ってるのに気づいて、おかしいなとは思ったンだ。子供だから間違えてるんだろうと」

「本当に猪牙舟の船頭なのか」

左内が念を押して訊くと、信兵衛の方が自分がよく知っていると答えた。

「……ということは、おまえは〝なぶり屋の亀蔵〟とは違うのかい」

「なんですか、そりゃ……」

兼蔵は涙を拭いながら振り向いたが、その顔はやはりぞっとするほどおそろしかった。

この顔のために、どうやら捨吉は勘違いをして、本物の〝なぶり屋の亀蔵〟と思い込み、俺も与茂助もそう確信してしまったということか。どうやら、あさっての方を探索していたことになる——。

だが、左内は〝明日に控えたお白洲〟という言葉も気になった。

「兼蔵さんとやら、お白洲ってのは、どういう意味だい。千代吉の殺しと深い関わりがあるのだな」

「……」

「案ずるな。実は俺は町年寄樽屋に関わりがある、伊集院左内という者だ。大岡様とも顔見知りだ。できることがあれば力になるぜ。俺はおまえの用心棒だろう」

「ああ、樽屋様の……」

と信兵衛は安堵したように頷いて、

「だったら、お任せした方がいい。なんなら、私から話しましょうか。ええ、そうしましょう。どうぞ、お上がり下さい」

左内を土間から上がらせて、奥の部屋に招くと、お白洲の事情を話した。

実は、川越街道の各宿場の問屋場《といやば》と荒川沿岸の船問屋が、利害を巡って、真っ向から対立していたのである。

「ご存じのように、川越街道は、神君家康公が関ヶ原の合戦の後、まっさきに取り組んだ街道整備のひとつで、川越は松平伊豆守様や柳沢吉保様など、幕府でも偉い方々が藩主を務めてきた重要な所です」

松平伊豆守はその昔、川越街道を整えるのと並行して、新河岸川《しんがしがわ》の開設や荒川と入間川の治水なども行って、〝野銭《やせん》〟という税を利用者に課すことで、川越藩の発展を支えてきた。

川越街道には六つの宿場があるが、その惣領名主である川辺金右衛門《かわべきんえもん》という者が、

――荒川の猪牙舟の運航を制限して欲しい。

という嘆願書を、江戸町奉行に届けたのである。

理由は、街道の問屋場の儲けが減り、人足たちの仕事が失われるということだった。金右衛門は、大和田宿にある問屋場の当主でもあり、人馬の継ぎ立てから往来手形の改めや人足や宿泊の手配、さらには公務である貫目改めを請け負っていた。その上、訴訟に立ち会ったり、冥加金や運上金の運用から、犯罪人の摘発まで、金右衛門の仕事は多岐にわたっていた。

そのため道中奉行の脇坂桂之助《わきさかけいのすけ》とは、常に連絡を取り合って、様々な難儀な事案に当たっていた。そのひとつが、街道者と川者との諍《いさか》いであった。

「はじめは、ただの飲み屋での喧嘩だったらしいのです。それが、どんどん大き

くなって、川越街道と荒川の利権争いまでに広がったのでございます」

「利権争い……？」

「はい。猪牙舟は速いし荷も多く積めるので、色々な問屋は船便を頼むようになります。人を運ぶのだって、わずか三刻《みとき》足らずで川越から江戸まで来るのだから、楽ちんでしょう。夜中に出れば、朝から江戸見物ができるのですからねえ」

川越街道は元々、荒川沿いに作られたから、陸路と水路の両方を使える利便性があった。江戸の建築資材である材木を運ぶためだったが、元禄期には江戸の富裕商人たちが百艘《そう》もの川舟を作って、川越からさらに秩父にまで進めて、材木や炭などの運搬に利用したのだ。そのための河川改良も行われて、ますます水運は盛んになったのである。

そうなると宿場町の方は寂れてゆく。川越から江戸に行く途中の旅籠《はたご》などの客は減るし、大八車や馬を使う陸路の運搬も少なくなってくる。宿場を含めて、街道で暮らす者たちにとっては死活問題である。

だから、水運の制限と運上金の値上げなどを幕府に訴えて、共存できるように願い出たのである。

「しかし、そりゃ表向きのこった」

と兼蔵は野太い声で言った。

「金右衛門は道中奉行とつるんで、自分たちの利権を守りたい、いや増やしたいと思っているだけでぇ」

「自分たちの利権とは」

「問屋場では、貫目改めがあるが、その手数料はバカにならねえ。道中奉行の脇坂ってのはせこい奴で、上前をはねてる。川舟の方は勘定奉行が直に取ってて、手が出せねえから、どうでも街道を盛り返したいんだろうよ」

そのために、猪牙舟の数の制限なども行うよう、幕府は進めているという。もっとも、舟の数を少なくしたいのは、隅田川や江戸湾で舟の事故が増えているからだ。ごった返していて、特に霧の出る日などは、転覆して死人まで出ている。

「それと、川越街道と猪牙舟の争いを一緒にされちゃ困る……千代吉は、道中奉行の脇坂と金右衛門が、運上金の上がりのことで密談していたのを聞いたンだ。その話を、明日、お白洲でするはずだった。信兵衛さんに伴われてね」

「だから、おまえも江戸に来てたのか……」

左内が言うと、兼蔵はまた悔しそうに、わあわあと涙を流して泣いた。

——こいつ……顔が恐いくせに、意外と心の中は柔《やわ》いのかもしれぬな。ならず者に匕首を見せられて、身動きできなかったのも、本当だったのかもしれない。

そう思うと、左内は笑いたくなった。とんだ方に曲がったが、これもまた縁かもしれぬ。事情を三四郎に伝えて、力になって貰おうと思った。

五

与茂助が尾けてきた遊び人風の優男は、あちこちぶらついた後、庶民がちょっとやそっとでは入れぬような、高級料亭に入っていった。誰かに尾行されているのを恐れているような様子だった。

本所業平《なりひら》橋そばにある『青山楼《せいざんろう》』という店で、近くの水戸家の家老なども訪れる所だという。

寒空の中、店の表でうろついていると、店の男衆が暖簾の奥から、時々、訝しげに見ている。中に忍び込むこともできないから、仕方なく表で待っていると、

「なんだよ、情けないねえ」

と声がかかった。

振り返ると、黒羽織の芸者が立っている。目を凝らして見ると千鶴羽である。

「驚いた……おまえか」

「ここは私がやるから、あんたは勝手口を張ってな」

「しかし、どうして……」

「あんたも廻り髪結いだけじゃなくて、工夫をしたらどうだい。〝百眼〟の七つ道具くらい、いつも持ってるもんだよ」

千鶴羽はそう言うと堂々と店の中に入っていったが、見送っていた与茂助は、

「大丈夫かねえ」

と首を傾《かし》げながら、裏手に向かった。

その二階の一室では——。

立派な商人風が四人ばかりいて、末席には船頭の兼蔵を襲った遊び人が控えていた。

「では、仕留め損ねたのかい」

床の間を背にした小柄な商人が、煙管を吹かしながら、火鉢の炭火に手を当てていた。行灯をわざと離していて、顔はよく見えなかった。他の者たちの態度は、明らかに上座の商人を持ち上げている様子である。

「その強面《こわもて》の岡っ引は、とっかえべえの子供と一緒に遊んでいたってんだな」

「おそらく、親分のことを調べていたのだと思います。あの下谷広小路といい、両国橋西詰といい、親分のねぐらがある所ですからね。それに、物凄い腕前の浪人も一緒でしたが、ありゃ、おそらく町方の隠密廻りの同心か何かだと思いやす」

「隠密廻りか……殊の外、見張りが厳しいようだな」

「それだけ、お上も親分のことを恐れているのだと思います」

「ふん。せっかく、いいカモがいるのにな……ここが思案のしどころか」

親分と呼ばれた上座の商人がポンと煙管の灰を落とすと、傍らにいた者がそれを受け取って、葉を詰め替えはじめた。

「手筈を整えたとおりに事を進めるか、少々、手荒な真似をしてみるか……おまえたちは、どう思う」

一同は黙っていたが、一番の幹部らしき男は、軽く頭を下げて、

「あっしは、用意周到に準備をしたのですから、やるべきだと思いやす。仮に、同心や岡っ引ふぜいに気づかれたとしても、相手は公儀の役人ですからね。てえの悪事がバレれば切腹させられるだけ。こっちの言うことを聞くに違いありやせん」

「文次《ぶんじ》の言うとおりだ。俺もそう考えてるが、他の者はどうだい」

親分が一同を見廻したとき、文次が人の気配を感じたのか、指を立てて、ゆっくりと立ち上がった。途端、サッと障子を開け放つと、そこには芸者姿の千鶴羽がいた。

「あら。そちらから開けて下すったんですか。今、お声をかけようと思ってたんですよ。皆様、ようお越し下さいました」

三つ指をついて頭を下げる千鶴羽に、文次はすぐに、

「芸者は頼んでおらぬ。帰れ」

と言った。

「ええ……そんな……だって、ここは『越後屋』のお座敷ですよねえ」

「……」

「いや、私としたことが間違いましたか。申し訳ありません。出直します、はい」

と立ち去ろうとすると、今度は文次の方から声をかけた。

「待て、芸者。名はなんという」

「はい。銀奴《ぎんやっこ》と申します。以後、お見知りおきを」

「置屋はどこだ」

「あ、はい……ええ、富ヶ岡八幡宮前の『喜久茂《きくしげ》』という所でございます」

「そうか。ならば、せっかくだから、一節くらい舞っていって貰おうか」

「ありがとうございます。ですが、『越後屋』さんのお座敷が……」

立ち上がろうとした千鶴羽の腕を、文次がぐいと引っ張って、座敷に引きずり込んだ。そして、乱暴に押し倒すと、

「今宵は、俺たちの貸し切りでな」

「!?——」

「何者だ、おまえは。表でうろついていた廻り髪結いの仲間か」

「し、知りません……」

首を振るその喉元に、文次は匕首を突きつけて、

「あの強面の岡っ引の手の者か」

「強面の岡っ引……？」

「腕利きの浪人は、町方同心……そうじゃねえのか。正直に言え」

何のことか分からない千鶴羽は、わなわなと震えながら、知らないと呟いた。

「本当のことを言えば、命だけは助けてやる。何を探ってやがる」

上座の男が火のついた煙管を吹かして、ゆっくりと千鶴羽に近づいてきた。その顔を見て、千鶴羽は、

――アッ。

凝然となった。

「この顔に覚えでもあるのかい」

「い、いいえ……」

と答えたものの、千鶴羽ははっきりと覚えていた。

下谷広小路で、タチの悪そうな若い男ふたりに、いたぶられていたあの小柄な商人であった。亀蔵に助けられて、へいこらと小判を渡そうとしていたあの情けない商人ではないか。

千鶴羽は遠くから見ていただけだが、目を疑った。その男が、怪しげな男たちの頭目のようだった。しかも、襖越しに聞いていた話では、明らかに〝なぶり屋〟の一味である。

「どうして、俺の顔を知ってるのだね」

もう一度、小柄な商人が問い詰めると、文次が匕首の切っ先をヒタと喉に当てた。

「い、言います……あ、あんたを……広小路で見かけただけです……強面の亀蔵って男に、た、助けられて……」

「強面の亀蔵……？」

小柄な商人は一瞬、目を曇らせたが、得心したように頷きながら、

「なるほど……あの男が亀蔵……おまえたちは、そう思ってたのだな」

「え……」

困惑したように千鶴羽は目を見開くと、小柄な商人は笑いを嚙み殺しながら、

「そうかい……おまえたちも、あいつを亀蔵と思ってたのか」

「ち、違うのかい……？」

商人たちはみな一斉に、声を揃えて大笑いをした。そして、文次が言った。

「冥土の土産に聞かせてやろう。〝なぶり屋の亀蔵〟とは、このお方だよ」

と小柄な商人を指した。

千鶴羽は、身動きひとつできず、全身が震えだした。

「おまえは何者だ。町方の手の者か」

亀蔵が自ら訊いた。

「……」

「そうか。言わねえなら、それでいい。やれ」

あっさりと命じると、文次が匕首で喉を掻き切ろうとしたが、

「いや、待て」

と亀蔵が止めた。

「もしかしたら……おまえは〝百眼〟じゃねえのか」

「⁉──」

千鶴羽の目が泳いだ。〝百眼〟という言葉だけでも知っている者は、仲間以外にいないはずだ。なのに、どうしてその存在を知っているのか。

「どうやら、図星のようだな。なに、そんなツラをしなくても、教えてやるよ。俺たちの仲間には、元は〝百眼〟だった奴もいるってことだ。たいして金にならねえことをするのは、バカバカしいってやめたけどよ」

商人の中のひとりの目が鈍い光を放っていた。

「表の奴もふん縛って来い」

亀蔵が命じると、三人の男が出ていった。声を出そうとした千鶴羽の口を文次が塞いで、匕首を突きつけた。

静かに見守る本物の亀蔵の顔は、人の良さそうな商人にしか見えなかった。

六

翌日――。

南町奉行所の吟味部屋には、大岡越前が直々に現れて、兼蔵と信兵衛の申し出に耳を傾けていた。傍らには、定町廻り同心の富永斉二郎も同席していた。

「おぬしたちの意向はよく分かった。川越街道の各宿場の問屋場と荒川筋の船問屋の対立をなくせばよいのじゃな」

訴状を眺めながら、篤と心得たと言う大岡に、兼蔵は深々と頭を下げて、さらに訴えることがあると申し出た。

「俺たち船頭だけの話じゃねえんです。これは江戸と川越に関わる商人や職人、百姓たちにも大事なことだと思いやす」

「承知しておる」

「それと、もうひとつ……昨夜《ゆうべ》、俺の幼馴染みが殺されました」

「千代吉のことだな。聞いておる」

「そいつは、川辺金右衛門という街道宿場の惣領名主と、道中奉行の脇坂桂之助様が繫がっていて、自分たちの懐を潤さんがために、川舟を減らすよう仕組んだ話を聞いておりやした」

「その話も予め、公事宿の信兵衛から聞いておる」

「脇坂様の手の者が殺ったに違いねえんです」

「待て。それは殺し故、吟味筋として調べることになるが、今はお互いの揉め事、つまり出入筋の話をしておる。千代吉の殺しは探索中ゆえ、待っておれ」

「どうしてでやす。今般の諍いがもとで、千代吉は殺されたンでやすよ」

「だとしても、別の話だ」

淡々と答える大岡に、兼蔵は思わず立ち上がりそうになったが、ぐっと我慢をして拳《こぶし》を握りしめた。

「分かりやせん……千代吉は口封じに殺されたんですよ。別の話と言われても納得できやせん」

「殺しだからこそ、慎重に調べねばならぬのだ。誰が、どうやって、如何なる理由でやったのか。むろん、街道と水運の争いを、刃物で片を付けたとしたら、由々しき事態だ。この大岡も黙っては見過ごさぬ」

大岡は毅然と言ってから、

「話を戻すが、兼蔵。街道は街道の役目があり、川は川の役目がある。車輪の右左のように、いずれがなくなっても困る。ゆえに、当方同士が話し合うのが一番だが、これ以上の話し合いは無理か」

「ですから……俺たちは、随分と譲ってきた。ご公儀からのお達しどおり、舟数も減らして、問屋筋にも折半してきた。なのに、向こうは何ひとつ、損をしたものがないではありませんか」

「これまで、川舟衆が独り占めしていた材木運びなども、陸に取り戻したから、街道の者たちも潤えているのだ」

「お奉行様も街道者の味方なのですね」

「どっちの味方でもない。事実を言ったまでだ」

兼蔵が何か言おうとするのを、信兵衛は止めて、自分が代弁すると申し出た。兼蔵では、千代吉を殺されたがため、感情的になりやすいからである。

「大岡様に申し上げます……これを、ご覧下さいまし」

信兵衛は一枚の紙を差し出した。

それは、金右衛門と脇坂が交わした念書と思われた。貫目改めの手数料並びに運上金の上がりの一割を、脇坂に入れるとの約束である。

年に二万両余りの運上金があるから、ざっと二千両を脇坂が手にすることにな
る。旗本職である道中奉行は、大目付や勘定奉行が兼任することもあったが、脇坂は川越城主の松平大和守とも縁戚関係にあるから、この役職を専任していた。

「こうした事実がありますれば、先程、兼蔵が話したことの信憑性があるかと思います。此度《こたび》の争いは、街道を改善することではなく、脇坂様が自分の欲のために、金右衛門にかような騒動を起こさせたのだと思います」

「なるほど。しかし、この念書は、何処で手に入れたのだ」

「それは……申し上げられませぬ」

「信兵衛、もしや、おまえは誰かに頼んで、脇坂殿あるいは、金右衛門の屋敷に忍び込ませて奪ったのではないか？」

「め、めっそうもございませぬ」

首を振って否定したものの、大岡の鋭いまなざしから、信兵衛は目を逸らした。

「たとえ、この念書が本物であったとしても盗んだものならば、証拠としてお白洲で使うことはできぬ」

「はい……」

「不正に得たものは、証拠とならぬのだ」

「分かっております。大岡様」

決して盗んだものではないと、信兵衛が断言すると、

「嘘を重ねれば、それも証拠とはならぬ。かようなことを儂が繰り返して言うのは、信兵衛……おぬしは以前にも、不正な手立てで相手の非を暴いて、お白洲で勝とうとしたことがあるからだ」

「……」

「ま、これは預かっておこう」

大岡が、その念書を文箱にしまったとき、吟味方同心が来て、町年寄の樽屋が来たと報せた。この吟味部屋にて、話したいことがあるというのだ。

「――三四郎か……」

面倒臭いなという顔をしたが、今般の訴訟騒ぎには、江戸の船主や船頭なども関わっているから、追い返すわけにはいくまい。「通せ」と命じるしかなかった。

三四郎に伴われて入ってきたのは、意外にも道中奉行の脇坂桂之助本人であった。脇坂は憮然とした顔で、大岡に軽く頭を下げると、陪席になる所へ座った。

三四郎は下座の兼蔵の隣に座って、

「町年寄・樽屋藤左衛門にございます」

「おまえは、いつも前もって届けをせず、唐突にやってくる。お白洲だろうと何だろうと、勝手次第と思うなよ」

大岡が三四郎に対して不愉快な言い草になったので、脇坂は自分の味方をしてくれると思ったのか、わずかに表情が落ち着いた。

三四郎は大岡の言葉を気にすることはなく、それに対して言い訳もせず、単刀直入に本題に入った。

「今般の川越街道の宿場の問屋場と川船問屋との揉め事は、伝馬や舟の数量、扱う荷の振り分け、運び方の分担、経費の分散、人足の割り当てなどを、お上が決めれば、後は町人が勝手に営むと思います」

「ふむ……さように準備しておる」

「はい。ですから、此度の事案では、どちらに悪意があったか、どちらに正義があるか、ということをもって裁断していただきたく、罷り出でました」

いつものように、涼しい目を向ける三四郎に、大岡はほんのわずかだが、たじろいだ。三四郎が大きく見えたからである。常々、将軍吉宗が言っているように、相手が誰であれ、正しいことを正しいと言い、間違いはただすという不動の正義感ゆえだ。だが、大岡は意地悪を言いたくなって、

「おまえのその態度では、丸く収まるものも、喧嘩別れになるぞ」

「ですから、陸と川の争い事は、お上の決めた御触書に従って、当人たちに解決して貰いましょう。私が、脇坂様に無理を言って、同席していただいたのは、千代吉という渡り中間が殺された一件についてです」

三四郎は左内の報せを受けてから、居ても立ってもいられなくなって、真っ向から脇坂にぶつかったのである。

「ほう……おぬしたちは、どうでも話を混ぜっ返したいようだな」

「混ぜ返す？　冗談ではありません。真実を明らかにするためです。いいですか、大岡様。私の調べでは、その脇坂様の命令によって、家臣のひとり……田村三郎兵衛という者が、千代吉を殺したのです」

「なに、まことか」

さしもの大岡も、そこまで断言されると怯《ひる》んでしまった。

だが、脇坂は鼻で笑って、

「バカなことを……何を証拠に……身共は大岡様の顔を立てるために参ったまで。疚しいことは何もござらぬ」

「では、申し上げます。千代吉を殺した脇差は、田村という家臣のもので、鞘《さや》も

ったはず」

長屋に残されておりました。そのことは、そこにいる同心の富永様もお調べにな
「さよう……」

「そして、私も直に田村様にお会いして、調べましたところでは、人殺しを認めておりますす。しかも、初めてのことなので、かなり動揺しておりました」

「……」

「逃げる際には、心張り棒がうまく支うように細工をしたそうです。そのとき、脇差を長屋内に残したことに気づいたが、自分で細工して閉めた戸が開かなくて、仕方なくそのまま逃げたとか……今は、目付の武田様がその身を預かっておりま
す」

「千代吉を殺した、その訳は」

「脇坂様にお聞きになるのが、一番早いと思いますが」

脇坂は素知らぬ顔で、大岡に向かって、

「この若い町年寄は少々、頭がおかしいのではござらぬか。樽屋を差配するのは町奉行のはず。しかと、やって貰わねば困りますな。そもそも、町人の分際で、武家を調べるということからして間違いじゃ」

「いや……間違いではござらぬ」

大岡は脇坂に向き直って言った。

「別に儂は樽屋の肩を持つわけではないが、町政に関わることであれば、町年寄は上様にも直に訴えることができる立場。この町奉行の首とても、替えることができる」

「なんですと……」

「では、これは如何でございますかな」

先程、信兵衛が差し出した念書を、大岡は文箱から取りだして見せた。お白洲では証拠になるか怪しいものだが、この場で脇坂に見せてその反応を見たいと思ったのだ。

「そこもとと金右衛門とやらが、交わした念書だが」

「念書……」

ちらりと見た脇坂は溜息混じりに、

「知りませぬな、そのようなものは……どこから、そのようなものを」

「知らぬ、のでござるな」

「まったく」

「では、後日、お白洲でも、この念書を証拠として差し出すが、異存はござらぬな。そこで、偽物と明かしてくれればよろしい」

不機嫌な顔になった脇坂はサッと立ち上がると、

「大岡殿。禄高は違えど、身共はあなたと同じ旗本でございます。私に何か不行跡があるならば、評定所にて裁かれましょう。わざわざ出向いて時の無駄だった。御免」

と腹立たしげに立ち去った。

三四郎はこれで充分とばかりに、深々と頭を下げた。そして、兼蔵に声をかけた。

「捨吉はあんたと一日一緒にいて、本当に楽しかったと言ってたぜ」

「え……」

「あいつは、親父もおふくろも知らないからな」

「へ、へえ……実はあっしも、ガキを亡くしちまってね……もう十年も前になりますが……だから、つい連れ廻して……申し訳ありやせん」

「何も謝ることではない。また遊んでやんな」

「こんなツラでもですか」

「そんなことは気にすることはない」

微笑みかける三四郎につられて、兼蔵からもにこりと笑みが洩れた。

七

「まずい……実に、まずい……」

苛々《いらいら》を隠しきれないまま、町奉行所を出た脇坂は供侍も連れずに、番町の屋敷に帰っていく途中、武家屋敷の並ぶ通りに入った。途端、前方に町医者の駕籠が現れた。

道の真ん中をまっすぐ近づいてくる駕籠に、

「どけいッ。邪魔だ」

と脇坂が声をかけた。その途端、小者たちは担いでいた駕籠を置くと、いきなり脇坂に襲いかかって、当て身を食らわして、口を塞いだ。そして、刀を奪って駕籠に押し入れると、何事もなかったかのように連れ去った。

ほんの一瞬の出来事だった。

暗闇で目が覚めた脇坂は、何が我が身に起こったのか分からないまま、蜘蛛の巣が張っている天井を見上げていた。動こうとしたが、猿ぐつわをされて後ろ手に縛られており、両足も縛られていた。

もがいていると、ガタガタと扉が軋《きし》む音がして、人が数人入ってきた。蠟燭を脇坂の上にかざすと、その顔が浮かんだ。

「お目覚めかな……俺たちが誰か分かるかな?」

脇坂は必死に何かを叫んでいたが声にならず、まるで芋虫が這っているようだった。

「〝なぶり屋の亀蔵〟でございます」

芝居がかって言った亀蔵は、いきなり脇坂の土手っ腹を踏みつけて、

「私たちはね、世間では悪党扱いされてますが、世のため人のために働いているのでございますよ。ええ、あなた様のように、自分の役職を利用して、楽して金を掠め取るような輩は許せないのでございます」

「うぐ……うぐ……」

恐怖にあがく脇坂に顔を近づけた亀蔵は、

「まあ、しばらく、そうやって苦しんで下さいな。それだけのことをしてきたンだからねえ。楽しんだ分、苦しまなきゃ、不公平じゃありませんか」

と言いながら、もう一蹴りして、匕首を突き出した。

「私もちょいとばかり歳を取りましてね、厠が近くなったので、さっさと話を切り上げたい。あんたが稼いだ金、ぜんぶ譲ってくれませんかね」

「う、う……」

「聞こえませんよ。どうします」

首を振る脇坂の喉元に、亀蔵は匕首をあてがって、

「嫌なのですか。だったら、ここで刺し殺します。いずれ誰かが見つけてくれるでしょう。獲物は他にもおりますしね」

「……」

「公儀の役人には、あなた様と似たり寄ったりのことをしている奴が何人もいますからねえ。表沙汰にするというだけで、幾らでも金を出す。あなたはどうしますか」

今度は首を縦に振る脇坂に、亀蔵は冷笑を浴びせながら、

「やはり、お金より、自分の命が大切ですよねえ。でも、人の命はどうでもいいのですね、あなた様は」

必死にあえぎながら首を振る脇坂を取り囲む手下たちも、冷徹な笑みを浮かべ

ている。殺すことなど何とも思っていないようだ。

「ねえ、脇坂様。あなたの旗本のご身分や家禄を取ろうってンじゃないんです。あなたが不正に稼いだ金を下さいと言っているだけですよ。何処に隠しているのです」

「……」

「それさえ、言ってくれれば、もちろん命はお助け致します。いいですね」

念を押すように言って、亀蔵は文次に猿ぐつわを外せと命じた。自由にものが言えるようになった脇坂は、はあっと深く息を吸い込んでから、

「貴様らッ。かような真似をして、只で済むと思っているのか」

「おや。分かってないようですな」

亀蔵はグサリといきなり肩に匕首を打ち込んだ。

「うわッ」

叫びそうになるのを、文次が手で塞いだ。亀蔵は苛ついた目になって脇坂を見下ろし、

「もう一度だけ、聞きます。もう一度だけですよ」

「あなたの隠し金は何処にあるのでしょう」

文次が手を放すと、脇坂は救いを求めるような情けない声で、

「い、言う……言うから、こ、殺すな……金はすべて、川越街道大和田宿の問屋場が主、川辺金右衛門に預けている」

「そうですか。では、それを貰い受けてきますので、一筆書いていただきましょう。そうですな……花押もお願い致しますよ。ええ、それから、合い言葉も」

「そんなものは……」

「あるはずです。あなたの家臣が、金右衛門と会うときには必ず使っていた。疑り深い奴ですからなあ、金右衛門も」

「お、おまえたちは、何処まで調べておるのだ」

「すべて、と申しておきましょう」

腕だけ縄を解《ほど》いて、紙と墨筆を差し出して、

『この文を持参した者に、三千両を渡せ』

と書かせた。

「脇坂様にとって、これくらいの金は端金《はしたがね》でございましょう……もし、相手が素直に渡さなかったときには、申し訳ありませんが、あなたをここで殺します」

亀蔵は穏やかな声でそう言った。

その夜——。

いつもの鰻屋『重兵衛』に集まった〝百眼〟組頭たちは、紀州屋富左衛門の前で、まるで通夜のように静かに座していた。

片隅で溜息をついている左内に、紀州屋が声をかけた。

「で……与茂助たちがいなくなったのは、いつからのことだね」

「昨夜からだ」

「兼蔵という男と一緒に公事宿に行っている間に、そいつを刺そうとした遊び人を尾けたまま、いなくなったというわけだな」

「ああ。いつもの繋ぎ役の所にも現れてないし、千鶴羽と一緒に、捨吉までいなくなっているのが気になる」

「妙だな……もしかしたら、その相手に捕まったのかもしれないな」

「急がないとまずいですな。組頭のみんな、配下の者に手分けして、どんな小さなことでもよいですから、手がかりを探して下さい。頼みましたよ」

組頭たちはそれぞれ無言で頷くと、険しい表情のまま急ぎ足で出て行こうとした。だが、左内はみんなを引き止めて、頭を下げた。

「とんだヘマをやってしまった……〝なぶり屋の亀蔵〟と兼蔵を間違えて、肝心の亀蔵のことは、すっかり吹っ飛んでしまった」

「あんただけのせいじゃねえよ」

誰かが慰めるように言った。左内は首を振って、

「千鶴羽たちに何かあったら、組頭をやめるどころか切腹ものだな」

「そんな弱気になっても仕方がない。間違ったお陰で、瓢箪から駒じゃないが、別の事件が片づきそうではありませんか」

と紀州屋も励ますように言うと、

「あなたも元はどこぞの藩の剣術指南役だったんでしょう。指南役といや剣術だけでなく、藩主や重職のお偉方の軍師役も務めたはずだ。むろん慰め役もね」

顔を上げた左内を、紀州屋は見つめて、

「もう一度、考えてみましょうか……伊集院左内ともあろう武芸者が、人間違いをした。ということは、他の誰かも間違えたかもしれない。よく思い出してみなさい」

「うむ……」

腕を組み唸っていた左内は、捨吉が亀蔵と勘違いをして兼蔵を張り込んでいた

下谷広小路の情景を思い浮かべていた。そして、色々な顔が脳裏に現れては消えた。

「――あの兼蔵を匕首で狙った遊び人は、川越街道の一件とは関わりがなかった……では、なぜ狙ったのだ……」

左内は目をつむって、さらに情景や人の姿を思い出そうとした。

「――タチの悪い若造ふたり……脅されていた小柄な気弱そうな商人……兼蔵を刺そうとした奴は、それも見ていたはずだ……若造たちの仲間か……いや、奴らはただの通りすがりのちんぴらだ……小柄な商人……兼蔵に助けられて、金を渡そうとした……待てよ、もしかして……」

何かが閃いた左内は、筆を取ると、人相書を描き始めた。人の顔を覚えるのは、どの〝百眼〟にもある特技である。小柄な商人と兼蔵を刺そうとした遊び人の顔を描くと、組頭たちはそれを食い入るように見て、まぶたの裏側に写し取るように覚えた。

すると、組頭のひとりが呟いた。

「この商人は、つい近頃、見たことがあるな……たしか、本所業平橋の……あの辺りは俺の庭も同然なのでね」

「たしかなのかね？」

紀州屋が聞き返すと、別の古株の組頭が人相書を凝視していて、

「こっちの遊び人も見たことがある。もしかしたら……昔、俺たちの仲間だった奴かもしれねえ。そうでないことを祈りたいが」

と言って立ち上がると飛び出していった。他の者もつられるように、急ぎ足で階下に降りるのだった。

「大丈夫だよ。百眼は江戸中に目を光らせているんだ。必ず見つかる。いや、見つけ出す」

紀州屋が確信に満ちて頷くと、左内も腰を上げて、ぐいと刀を差した。

八

翌日の昼下がり——とはいっても、薄暗い掘っ立て小屋の中には、脇坂が縛られたまま転がっていた。必死に手の縄を緩めようとしていたが、なかなか思うようにならなかった。
ガタッと音がして、眩しいくらいの陽光が差し込んできて、数人の黒い人影が

立った。そして、小屋の中に入ってくるなり、亀蔵が脇坂を覗き込んで、

「どうやら、あなたには人望というものが、なさそうだな」

「……」

「金右衛門は一両たりとも出さなかった。そのような金は預かっていないし、あなたが不正をしていたことも知らないだと」

「出鱈目を申すな」

「おそらく、町奉行所の調べが進んでいるから、自分は関わりないことにしておきたいんだろうな」

「嘘だ……」

「こっちも、一文にもならない奴を生かしておいても仕方がないのでね。悪いな」

「よ、よせ……」

「最後に言っておくが、やはり舟の方が早いぜ。街道をちんたら歩いていたら、あんたの命はその分、長らえたかもしれないがね」

「や、やめろ」

脇坂の顔は恐怖に引き攣ったが、亀蔵たちは何とも思わないようだった。

「恨むなら、金右衛門を恨んで下さいよ」

文次がしゃがんで、匕首を脇坂の胸に突き立てようとしたときである。

近くで、ガタガタと物音がした。

「誰でえ！」

子分たちが振り返ると、小屋の外に立っているのは、とっかえべえの捨吉と掏摸の〝よね婆〟だった。

「無駄だよ、亀蔵さん」

と捨吉が言った。その後ろから、よね婆も年の割にはしっかりした声で、

「あんたも焼きが廻ったねえ、亀蔵」

「……」

「掏摸ってのは、人を傷つけちゃいけないんだ。本人が知らないうちに盗まないと。あんたはガキの頃から、ぶきっちょだったから、殴る蹴るをして奪ってた。そいつはよくない」

「……」

「同じ盗みでも、追い剝《は》ぎや追い落としと、掏摸は罪の重さが違うぞって、あれだけ教えたのによ」

「なんだ、あんたか……まだ生きてたのか……つまらねえ真似をすると、たとえガキの俺を拾ってくれた命の恩人でも、死んで貰いますよ」

「老い先短いからねえ、死ぬのは恐くないわさ。あんたをそんな人間にしたのは、このあたいだ。さ、あたいを殺して、あんたは獄門にされるがいい」

「そうかい。だったら、思いどおりに殺してあげますよ」

亀蔵が匕首を握り直して、近づいてくると、さらに外から、ぶらりと入ってきたのは、三四郎であった。

「……誰だ」

「俺の命が欲しい……その文を届けたのは、おまえだろう？」

凝然と見やった亀蔵の目が、ぎらりと煌めいた。

「あんたの命……？」

「俺が樽屋だ」

「ええ!?」

「おまえの仲間に、〝百眼〟をやっていた奴がいるそうだが、そいつの入れ智恵だろう」

「……」

「俺のもうひとつの顔を世間にバラすと脅せば金になると」

じっと睨みつける亀蔵を、三四郎もじっと見つめた。

「そいつは、俺の仲間がすでに捕らえたよ。業平橋の『青山楼』の見張り役だったようだが、お陰で捕らえられていた千鶴羽と与茂助も助かった」

「……」

「もう無駄な足掻《あが》きはよした方がいい。小屋の表には、町方がずらりと押しかけてきているぞ。下手をすれば斬り殺される」

「上等だ。捕まれば、どのみち死罪だ」

「かもしれないが、おふくろ代わりのよね婆さんの前でそれは辛いだろう」

「黙れ……おまえに俺の何が分かる」

いつも冷徹な笑みしか浮かべなかった亀蔵の顔が、感情を露わにした。だが、三四郎の方がむしろ淡々と、

「まあ、不幸中の幸いってとこだな」

「――なんだ？」

「いたぶった相手が、そこの脇坂様だからだ。他の罪なき人でなくて、よかった……素直に恐れながらと、奉行所に出て来るならば、『脇坂と金右衛門の悪事を

暴き、制裁を加えようとした』ってことにしてやってもいい」

「何を、くだらねえ」

「そう言わず、昔のように、どんくさい素直な亀蔵に戻ったらどうだい」

三四郎は真顔で亀蔵に近づきながら、

「俺もおふくろを幼い頃に亡くしたから、なんと言ってよいか、今でも、おふくろのことが恋しくてな……悪さも色々してきたが、おふくろの顔を思い出したら、それ以上のことはできなかった」

「……」

「あんたは生みの親も知らないらしいが、ああ、よね婆から聞いたよ……でも、このとっかえべえの捨吉だって、亀蔵、あんたと同じような身の上だ」

「だから、なんだ……」

「こんな小さな子供が、まっとうに働いているんだから、今からでも遅くないと思うがな。どうだい、やり直す気があるなら、力になるよ」

亀蔵はふんと鼻で笑って、

「おい、若造……おまえは俺に、あの世で改心しろとでも言いたいのか」

「今生《こんじょう》でも、まだ大丈夫だ。今まで殺しはしておらず、しかも狙ったのは悪事を働いた奴らばかりで、弱みを握ってのことだから、お上にだって慈悲はある。命までは取るまいよ」

「……」

「そしたら、よね婆さんと一緒に暮らせるかもしれないぜ。長年、掏摸をしてきた婆さんと一緒に遠島ってのも乙なものだ。御赦免花が咲けば、また……」

しみじみと言う三四郎に、よね婆が続けて言った。

「人捕る亀が人に捕られる……だ。はは、ほんとに、おまえは間が悪いねえ」

「……」

「でも、樽屋さんのお慈悲に縋れば、心だけでも救われるんじゃないかえ……なあ、亀蔵……もう、こんなことはやめにしよう」

「黙れ、黙れえ！」

怒鳴った亀蔵は匕首を掲げて、

「てめえみたいな、掏摸婆アに人の道を説かれる筋合いはねえ。俺は、てめえが好きなように面白可笑しく生きてくだけだ」

と物凄い勢いで、よね婆に突きかかろうとした。そこへ素早く乗り込んできた左内が、鞘走った。

「斬るなッ」

三四郎は叫んだが、一瞬の居合いで、左内は斬り払った。

うっと声を洩らして、亀蔵はその場に倒れた。

「──おい……！」

「大丈夫だよ、若旦那。峯打ちだ」

左内はそう言って、亀蔵の手下たちを見廻しながら、

「だが、逆らえば、今度は斬るぜ」

刀を持ち直すと、子分たちは手にしていた匕首を投げ捨てて、おとなしく捕方が待つ表に出ていった。

そこは──陽光に煌めく隅田川河畔で、向島の土手だった。

三四郎も表に出ると、やけに眩しく感じた。少し積もっている雪の照り返しの中で、左内が与茂助や千鶴羽、そして捨吉と何やら話している。

そして、脇坂も捕方に抱えられるように連れ去られていった。

「若旦那、ごめんなさい」

捨吉が駆け寄ってきて、人間違いをしたことを謝った。

「何を言う。おまえは、この小屋も見つけたし、大手柄だ。そういや、兼蔵が会

いたがってたぞ。今度は、〝仕事〟じゃなくて、子供の代わりに一緒に遊んでやれ」

「うん……」

三四郎が捨吉の頭を撫でたとき、土手道を佳乃が足早に来ているのが見えた。

「大変です、三四郎様……三四郎様ア！」

「――なんだ、こんな所まで。また子猫でも生まれたのか……」

微笑んで眺めていると、

「喧嘩です。町火消しの人たちと、勧進相撲の力士たちが、大立ち回りで！　早く止めて下さい。でないと、怪我人が沢山でます。早く、早く！」

「なんだ、喧嘩なんぞ、勝手にさせとけ。そのうち収まるわい」

呆れかえる三四郎の腕を摑んだ佳乃は、キリリとした目つきで、

「駄目ですッ。町人の争い事を止めるのは、町年寄の仕事です」

「だったら、親父さんに言えよ」

「三四郎さんじゃないと駄目なの。あなたが言えば、一声でみんなピタッとやめるから。さあ、早く、早く来て」

袖を引っぱる佳乃に従って、三四郎は仕方なく駆けだした。だが、なんとなく

ふたりとも楽しそうである。

江戸の町の遥か遠くには——真っ白な富士が聳《そび》えていた。

文春文庫

樽屋三四郎《たるやさんしろう》 言上帳《ごんじょうちょう》

定価はカバーに表示してあります

福《ふく》むすめ

2012年1月10日　第1刷

著　者　井川香四郎《いかわこうしろう》

発行者　村上和宏

発行所　株式会社　文藝春秋

東京都千代田区紀尾井町 3-23　〒102-8008
TEL　03・3265・1211
文藝春秋ホームページ　http://www.bunshun.co.jp
落丁、乱丁本は、お手数ですが小社製作部宛お送り下さい。送料小社負担でお取替致します。

印刷・大日本印刷　製本・加藤製本

Printed in Japan
ISBN978-4-16-780705-4

（　）内は解説者。品切の節はご容赦下さい。

風野真知雄
耳袋秘帖
妖談かみそり尼

高田馬場の竹林の奥に棲む評判の美人尼に相談に来ていたという女好きの若旦那が、庵の近くで死体で発見された。はたして尼の正体とは。根岸肥前守が活躍する、新「耳袋秘帖」第二巻。

か-46-2

風野真知雄
耳袋秘帖
妖談しにん橋

「四人で渡ると、その中で影の消えたひとりが死ぬ」という「しにん橋」の噂と、その裏にうごめく巨悪の正体を、赤鬼奉行・根岸肥前守が解き明かす。新「耳袋秘帖」シリーズ第三巻。

か-46-3

風野真知雄
耳袋秘帖
妖談さかさ仏

処刑寸前、仲間の手引きで牢破りに成功した盗人・仏像庄右衛門は、下見に忍び込んだ麻布の寺で、仏像をさかさにして拝む不思議な僧形の大男と遭遇する——。新「耳袋秘帖」第四巻。

か-46-4

藤井邦夫
養生所見廻り同心　神代新吾事件覚
指切り

北町奉行所養生所見廻り同心・神代新吾。南蛮一品流捕縛術を修業する若く未熟だが熱い心を持つ同心だ。新吾が事件に挑む姿を描く書き下ろし時代小説「神代新吾事件覚」シリーズ第一弾！

ふ-30-1

藤井邦夫
養生所見廻り同心　神代新吾事件覚
花一匁

養生所に担ぎこまれた女と謎の浪人の悲しい過去とは？　白縫半兵衛、手妻の浅吉、小石川養生所医師小川良哲らの助けを借りながら、若き同心・神代新吾が江戸を走る！　シリーズ第二弾。

ふ-30-2

八木忠純
蜘蛛《くも》の巣店《すだな》
喬四郎　孤剣ノ望郷

悪政を敷く御国家老に父を謀殺された有馬喬四郎は、江戸の蜘蛛の巣店に身を潜めて復讐を誓う。ままならぬ日々を懸命に生きる喬四郎と、ひと癖ふた癖ある悪党どもが繰り広げる珍騒動。

や-47-1

八木忠純
おんなの仇討ち
喬四郎　孤剣ノ望郷

喬四郎の身辺は騒がしい。刺客と闘いながら、日銭稼ぎの用心棒稼業。思いを寄せるとよも、父の敵を探しているという。偽侍の西田金之助は助太刀を買ってでる腹づもりのようだが……。

や-47-2

（　）内は解説者。品切の節はご容赦下さい。

泡坂妻夫
写楽百面相
寛政の改革下の江戸の人々を衝撃的な役者絵が魅了した。謎の絵師・写楽の正体を追う主人公は、やがて幕府と禁裏を揺るがす妖しの大事件に巻き込まれ――傑作時代長篇推理。（縄田一男）
あ-13-12

泡坂妻夫
鳥居の赤兵衛　宝引の辰 捕者帳
大盗賊が活躍する読本「鳥居の赤兵衛」が、貸本屋の急死と同時に紛失。続きが読みたい清元の師匠・閑太夫《かんだゆう》は読本の行方を追うが……。お馴染み辰親分の胸のすく名推理。（末國善己）
あ-13-13

安能　務
韓非子（上下）
国家とは、権力とは何か。君主はいかにあるべきか。紀元前三世紀に「現代政治学」に通じる法治主義を説き、鋭い人間洞察を多数の逸話で綴った不朽の古典が、鮮やかな現代語で蘇る。
あ-33-2

浅田次郎
壬生義士伝《みぶぎしでん》（上下）
「死にたぐねえから、人を斬るのす」――生活苦から南部藩を脱藩し、壬生浪《みぶろ》と呼ばれた新選組の中にあって人の道を見失わなかった吉村貫一郎。その生涯と妻子の数奇な運命。（久世光彦）
あ-39-2

浅田次郎
輪違屋糸里《わちがいやいとさと》（上下）
土方歳三を慕う京都・島原の芸妓・糸里は、芹沢鴨暗殺という、新選組の内部抗争に巻き込まれていく。大ベストセラー『壬生義士伝』に続き、女の〝義〟を描いた傑作長篇。（末國善己）
あ-39-6

浅田次郎・文藝春秋 編
浅田次郎 新選組読本
『壬生義士伝』『輪違屋糸里』で新選組に新しい光を当て、国民的共感を勝ち得た著者によるエッセイ、取材時のエピソード、対談など、新選組とその時代の魅力をあまさず伝える。
あ-39-8

秋山香乃《かの》
歳三 往きてまた
鳥羽・伏見の戦いで新式装備の薩長軍になす術もなく敗れた歳三は、その後も東北各地で戦い続け、とうとう最果ての地・箱館にたどり着く。旧幕府軍最後の戦いに臨んだ歳三が見たものは。
あ-44-1

（　）内は解説者。品切の節はご容赦下さい。

秋山香乃
総司　炎《ほむら》の如く
新撰組最強の剣士といわれた沖田総司。芹沢鴨暗殺、池田屋事変など、幕末の京の町を疾走した、その短くも激しく燃焼し尽くした生涯を丹念な筆致で描いた新撰組三部作完結篇。
あ-44-3

荒山　徹
サラン・故郷忘じたく候
雑誌発表時に「中島敦を彷彿《ほうふつ》させつつ、より野太い才能の出現を私は思った」（関川夏央）と絶賛された「故郷忘じたく候」他、日本と朝鮮半島の関わりを斬新な切り口で描く短篇集。（末國善己）
あ-49-1

井上　靖
おろしや国酔夢譚
鎖国日本に大ロシア帝国の存在を知らせようと一途に帰国を願う漂民大黒屋光太夫は女帝に謁し、十年後故国に帰った。しかし幕府はこれに終身幽閉で酬いた。長篇歴史小説。（江藤　淳）
い-2-1

井上ひさし
手鎖心中
材木問屋の若旦那、栄次郎は、絵草紙の人気作者になりたいと願うあまり馬鹿馬鹿しい騒ぎを起こし……歌舞伎化もされた直木賞受賞作。表題作ほか「江戸の夕立ち」を収録。（中村勘三郎）
い-3-28

池波正太郎
おれの足音　大石内蔵助（上下）
吉良邸討入りの戦いの合間に、妻の肉づいた下腹を想う内蔵助。剣術はまるで下手、女の尻ばかり追っていた〝昼あんどん〟の青年時代からの人間的側面を描いた長篇。（佐藤隆介）
い-4-7

池波正太郎
鬼平犯科帳　全二十四巻
火付盗賊改方長官として江戸の町を守る長谷川平蔵。盗賊たちを切捨御免、容赦なく成敗する一方で、素顔は人間味あふれる人情家。池波正太郎が生んだ不朽の〈江戸のハードボイルド〉
い-4-52

池波正太郎
乳房
不作の生大根みたいだと罵られ、逆上して男を殺した女が辿る数奇な運命。それと並行して平蔵の活躍を描く鬼平シリーズの番外篇。乳房が女を強くすると平蔵はいうが……。（常盤新平）
い-4-86

（　）内は解説者。品切の節はご容赦下さい。

池波正太郎
忍者群像
陰謀と裏切りの戦国時代。情報作戦で暗躍する、無名の忍者たち。やがて世は平和な江戸へ――。世情と共に移り変わる彼らの葛藤と悲哀を、乾いた筆致で描き出した七篇。（ペリー荻野）
い-4-88

池宮彰一郎
受城異聞記
幕命により厳寒の北アルプスを越えて高山陣屋と城の接収に向かった加賀大聖寺藩士たちの運命は？　表題作ほか、「絶塵の将」「けだもの」など絶品の時代小説全五篇収録。（菊池　仁）
い-42-1

岩井三四二《みよじ》
月ノ浦《つきのうら》惣庄《そうしょう》公事置書《くじのおきがき》
室町時代の末、近江の湖北地方。隣村との土地をめぐる争いに公事（裁判）で決着をつけるべく京に上った月ノ浦の村民たち。その争いの行方は……。第十回松本清張賞受賞作。（縄田一男）
い-61-1

岩井三四二
十楽《じゅうらく》の夢
戦国時代末期、一向宗を信じ、独自に自治を貫いてきた地・伊勢長島は、尾張で急速に勢力を伸ばしてきた織田信長の猛烈な脅威に晒される。果たしてこの地を守り抜くことが出来るのか。
い-61-2

岩井三四二
大明国へ、参りまする
腕は立つが少し頼りない男が、遣明船のリーダーに大抜擢。その裏では、日本の根幹を揺るがす陰謀が進行していた。室町の遣明船を史実に基づいて描く壮大な歴史小説。（細谷正充）
い-61-3

岩井三四二
踊る陰陽師
山科《やましな》卿醒笑譚《きょうせいしょうたん》
貧乏公家・山科言継《ときつぐ》卿とその家来大沢掃部助《かもんのすけ》は、庶民の様々な揉め事に首を突っ込むが、事態はさらにややこしいことに。室町後期の京の世相を描いたユーモア時代小説。（清原康正）
い-61-4

宇江佐真理
余寒の雪
女剣士として身を立てることを夢見る知佐は、江戸で何かを見つけることができるのか。武士から町人まで人情を細やかに描く七篇。中山義秀文学賞受賞の傑作時代小説集。（中村彰彦）
う-11-4

（　）内は解説者。品切の節はご容赦下さい。

宇江佐真理
桜花《さくら》を見た
隠し子の英助が父に願い出たこととは。刺青判官遠山景元と落し胤《だね》との生涯一度の出会いを描いた表題作ほか、蠣崎波響など実在の人物に材をとった時代小説集。（山本博文）
う-11-7

宇江佐真理
蝦夷拾遺　たば風
幕末の激動期、蝦夷松前藩を舞台にし、探検家・最上徳内など蝦夷の地で懸命に生きる男と女の姿を描く。函館在住の著者が郷土愛を込めて描いた、珠玉の六つの短篇集。（蜂谷　涼）
う-11-9

宇江佐真理
雨を見たか
髪結い伊三次捕物余話
伊三次とお文の気がかりは、少々気弱なひとり息子、伊与太の成長。一方、不破友之進の長男・龍之進は、町方同心見習いとして「本所無頼派」の探索に奔走する。シリーズ最新作。（末國善己）
う-11-10

宇江佐真理
大江戸怪奇譚　ひとつ灯せ
ほんとうにあった怖い話を披露しあう「話の会」の魅力に取り憑かれたご隠居に、奇妙な出来事が……。老境の哀愁と世の奇怪が絡み合う、宇江佐真理版「百物語」。（細谷正充）
う-11-11

宇江佐真理
江戸前浮世気質　おちゃっぴい
鉄火伝法、やせ我慢、意地っ張り、おせっかい、道楽三昧…。面倒なのになぜか憎めない江戸の人々を、絶妙の筆さばきで描いた、大笑いのちホロリと涙の傑作人情噺。（ペリー荻野）
う-11-13

内館牧子
転がしお銀
公金横領の濡れ衣で切腹した兄の仇を探すため、東北の高代から江戸へ出て、町人になりすますお銀親子。住み着いた下町のオンボロ長屋に時ならぬ妖怪が現れ、上を下への大騒ぎ……。
う-16-2

植松三十里《みどり》
群青
日本海軍の礎を築いた男
幕末、昌平黌で秀才の名をほしいままにし、長崎海軍伝習所で、勝海舟や榎本武揚等とともに幕府海軍の創設に深く関わり、最後の海軍総裁となった矢田堀景蔵の軌跡を描く。（磯貝勝太郎）
う-26-1

（　）内は解説者。品切の節はご容赦下さい。

海老沢泰久
青い空　幕末キリシタン類族伝（上下）
幕末期を生きたキリシタン類族の青年の、あまりにも数奇な運命。数多くの研究書・史料を駆使し、「日本はなぜ神のいない国になったのか」を問いかける傑作時代小説。（髙山文彦）
え-4-12

海老沢泰久
無用庵隠居修行
出世に汲々とする武士たちに嫌気が差した直参旗本・日向半兵衛は「無用庵」で隠居暮らしを始めるが、彼の腕を見込んで、難事件が次々と持ち込まれる。涙と笑いありの痛快時代小説。
え-4-15

逢坂　剛
道連れ彦輔
なりは素浪人だが、歴とした御家人の三男坊・鹿角彦輔。彦輔に道連れの仕事を見つけてくる藤八、蹴鞠上手のけちな金貸し・鞠婆など、個性豊かな面々が大活躍の傑作時代小説。（井家上隆幸）
お-13-13

乙川優三郎
椿山
城下の子弟が集う私塾で知った身分の不条理、恋と友情の軋み。下級武士の子・才次郎は、ある決意を固める。生きることの切なさを清冽に描く表題作など、珠玉の全四篇を収録。（縄田一男）
お-27-1

乙川優三郎
生きる
亡き藩主への忠誠を示す「追腹」を禁じられ、白眼視されながら生き続ける初老の武士。懊悩の果てに得る人間の強さを格調高く描いた感動の直木賞受賞作など、全三篇を収録。（縄田一男）
お-27-2

乙川優三郎
冬の標《しるべ》
維新前夜。封建の世のあらゆるしがらみを乗り越えて、南画の世界に打ち込んだ一人の武家の女性。真の自由を求めて葛藤し成長する姿を描ききった感動の長篇時代小説。（川本三郎）
お-27-3

海音寺潮五郎
戦国風流武士　前田慶次郎
戦国一の傾き者、前田慶次郎。前田利家の甥として幾多の合戦で武功を挙げる一方、本阿弥光悦と茶の湯や伊勢物語を語る風流人でもあった。そんな快男児の生涯を活写。（磯貝勝太郎）
か-2-42

（　）内は解説者。品切の節はご容赦下さい。

海音寺潮五郎
天と地と
戦国史上最も戦巧者であり、いまなお語り継がれる武将・上杉謙信。遠国の越後でなければ天下を取ったといわれた男の半生と、宿敵・武田信玄との数度に亘る川中島の合戦を活写する。

（全三冊）

か-2-43

海音寺潮五郎
武将列伝　全五巻
平清盛、北条早雲、山中鹿之介、真田昌幸、西郷隆盛……。源平から戦国、江戸、幕末まで、戦場を駆け、謀略をめぐらし、政事をはかり、時代を作り変えていった三十三人の名将たちの姿を描く。

か-2-53

海音寺潮五郎
覇者の条件
歴史文学の巨匠が、日本史上の名将十二人を俎上にのせ、雄渾なる筆致で、軍略、人事、経営の各方面から、覇者の条件を分析した史伝文学の傑作。他に平将門にまつわるエッセイも収録。

か-2-58

加藤　廣
信長の棺
消えた信長の遺骸、秀吉の中国大返し、桶狭間山の秘策――。丹波を訪れた太田牛一は、阿弥陀寺、本能寺、丹波を結ぶ〝闇の真相〟を知る。傑作長篇歴史ミステリー。

（上下）

（縄田一男）

か-39-1

加藤　廣
秀吉の枷
「覇王（信長）を討つべし！」　竹中半兵衛が秀吉に授けた天下取りの秘策。異能集団〈山の民〉を伴い天下統一を成し遂げ、そして病に倒れるまでを描く加藤版「太閤記」。

（全三冊）

（雨宮由希夫）

か-39-3

加藤　廣
明智左馬助の恋
秀吉との出世争い、信長の横暴に耐える主君光秀を支える忠臣左馬助の胸にはある一途な決意があった。大ベストセラーとなった『信長の棺』『秀吉の枷』に続く本能寺三部作完結篇。

（上下）

か-39-6

風野真知雄
耳袋秘帖
妖談うしろ猫
名奉行根岸肥前守のもとに、伝次郎が殺されたとの知らせが入る。下手人と目される男は「かのち」の書き置きを残して、失踪していた。江戸の怪を解き明かす新「耳袋秘帖」シリーズ第一巻。

か-46-1

（　）内は解説者。品切の節はご容赦下さい。

北原亞以子
東京駅物語
それぞれの時代の夢が行き交う煉瓦の駅舎・東京駅。明治の建設当時から昭和の激動期まで、この駅が紡いできた年月と、そこで交錯した人生を丹念に描く、男と女の九つの物語。（酒井順子）
き-16-7

北　重人
夏の椿
柏木屋が怪しい。田沼意次から松平定信へ替わる頃、甥の定次郎が殺された原因を探る周乃介の周囲で不穏な動きが――。確かな時代考証で江戸の長屋の人々を巧みに描く。（池上冬樹）
き-27-1

北　重人
蒼火《あおび》
江戸で相次ぐ商人殺し。彼らは皆、死の直前にまもなく大きな商いが出来そうだと話していた。何かに取り憑かれたように人を殺《あや》め続ける下手人とは。大藪春彦賞受賞作。（縄田一男）
き-27-2

北　重人
白疾風《しろはやち》
金鉱脈に、埋蔵金？　武蔵野の谷にひっそりと暮らす村をめぐって、風魔などが跳梁する。昔、伊賀の忍びとして活躍した三郎は、自分の村を守るため村人と共に闘う。（池上冬樹）
き-27-3

北　重人
月芝居
天保の御改革のために江戸屋敷を取り壊され、分家に居候中の留守居役。国許からは早く屋敷を探せと催促され、江戸中を駆け回るうちに失踪事件に巻き込まれるのだが……。（島内景二）
き-27-4

黒岩重吾
落日の王子　蘇我入鹿（上下）
政治的支配者・皇帝と、祭祀の支配者・大王の権威を併せもつ地位への野望に燃える蘇我入鹿が、大化の改新のクーデターに敗れ去るまでを克明に活写する著者会心の大作。（尾崎秀樹）
く-1-19

黒岩重吾
鬼道《きどう》**の女王　卑弥呼**（上下）
中国から帰還した倭人の首長の娘ヒミコは、神託を受け乱世の倭国の統一に乗り出した。「鬼道《きどう》に事《つか》え、能《よ》く衆《たみ》を惑わす」謎の女王の生涯を通して、古代史を鮮やかに描きだす。（清原康正）
く-1-33

（　）内は解説者。品切の節はご容赦下さい。

久世光彦
逃げ水半次無用帖
幻の母よ、何処？　過去を引きずり、色気と憂いに満ちた絵馬師・逃げ水半次が、岡っ引きの娘のお小夜と挑む難事件はどれも哀しく、美しい。江戸情緒あふれる傑作捕物帖！　（皆川博子）
く-17-3

五味康祐
剣法奥儀
剣豪小説傑作選
武芸の各流派には、それぞれ奥儀の太刀がある。美貌の女剣士、僧門の剣客などが激突。太刀合せ知恵比べが展開された各流剣の秘術創始にかかわる戦慄のドラマを流麗に描破。（荒山　徹）
こ-9-12

五味康祐
柳生武芸帳
（上下）
散逸した三巻からなる「柳生武芸帳」の行方を巡り、柳生但馬守宗矩たちと、長年敵対関係にある陰流・山田浮月斎一派が繰り広げる死闘、激闘。これぞ剣豪小説の醍醐味！　（秋山　駿）
こ-9-13

堺屋太一
豊臣秀長
ある補佐役の生涯（上下）
豊臣秀吉の弟秀長は常に脇役に徹したまれにみる有能な補佐役であった。激動の戦国時代にあって天下人にのし上がる秀吉を支えた男の生涯を描いた異色の歴史長篇。（小林陽太郎）
さ-1-14

佐木隆三
小説　大逆事件
明治四十三年、明治天皇の暗殺を企てたとして政府は大量の社会主義者を検挙、翌年幸徳秋水を含む十二名を「大逆罪」で処刑した。新資料を駆使し著者が事件の闇に鋭く迫る。（朝倉喬司）
さ-4-15

佐藤雅美
八州廻り桑山十兵衛
関八州の悪党者を取り締まる八州廻りの桑山十兵衛は男やもめ。事件を追って奔走するなか、十兵衛が行きついた、亡き妻の意外な密通相手、娘の真の父親とは——。（寺田　博）
さ-28-1

佐藤雅美
官僚川路聖謨《かわじとしあきら》の生涯
幕末——時代はこの男を必要とした。御家人の養子という底辺から勘定奉行にまで昇りつめ、幕末外交史上に燦然とその名を残した男の厳しい自律と波瀾の人生を描いた渾身の歴史長篇。
さ-28-2

（　）内は解説者。品切の節はご容赦下さい。

佐藤雅美
縮尻《しくじり》鏡三郎　（上下）
有能であるが故に勘定方から仮牢兼調所でもある大番屋の元締に左遷された鏡三郎が、侍から町人、果ては将軍から持ち込まれる難問を次々と解決。江戸の暮らしぶりを情感豊かに描く。
さ-28-5

佐藤雅美
大君の通貨　幕末「円ドル」戦争
幕末、鎖国から開国へ変換した日本は否応なしに世界経済の渦に巻込まれていった。最初の為替レートはいかに設定されたのか。幕府崩壊の要因を経済的側面から描き新田次郎賞を受賞。
さ-28-7

佐藤雅美
捨てる神より拾う鬼　縮尻鏡三郎
御家人の職をしくじり大番屋元締となった鏡三郎のもとには、今日もまた厄介事が持ち込まれる。おまけに娘が離縁して、悩みは増すばかり…。市井の事件と鏡三郎の親心が織り成す人情噺。
さ-28-17

酒見賢一
周公旦
太公望と並ぶ周の功労者で、孔子が夢にまで見たという至高の聖人周公旦。弱肉強食の権力闘争から古礼、巫術の魔力まで、古代中国のロマンがいま甦る。新田次郎文学賞受賞。　（末國善己）
さ-34-2

酒見賢一
泣き虫弱虫諸葛孔明　第壱部
口喧嘩無敗を誇り、自分をいじめた相手には火計（放火）で恨みを晴らす、なんともイヤな子供だった諸葛孔明。新解釈にあふれ、無類に面白い酒見版「三国志」、待望の文庫化。　（細谷正充）
さ-34-3

酒見賢一
泣き虫弱虫諸葛孔明　第弐部
酒見版「三国志」ともいえるシリーズ第2弾は、正史・演義を踏まえながら、スラップスティックなギャグをふんだんに織り込んだ異色作。孔明出廬《しゅつろ》から長坂坡《ちょうはんは》の戦いまでが描かれます。
さ-34-4

司馬遼太郎
竜馬がゆく　（全八冊）
土佐の郷士の次男坊に生まれながら、ついには維新回天の立役者となった坂本竜馬の奇跡の生涯を、激動期に生きた多数の青春群像とともに大きなスケールで描く永遠の傑作青春小説。
し-1-67